KB124838

결정 거부자

우리학교 소설 읽는 시간

결정 거부자

초판 1쇄 펴낸날 2023년 5월 29일

지은이 설흔
펴낸이 홍지연

편집 홍소연 고영완 이태화 전희선 조어진 서경민
디자인 권수아 박태연 박해연
마케팅 강점원 최은 신종연 김신애
경영지원 정상희 곽해림

펴낸곳 ㈜우리학교
출판등록 제313-2009-26호(2009년 1월 5일)
주소 04029 서울시 마포구 동교로12안길 8
전화 02-6012-6094
팩스 02-6012-6092
홈페이지 www.woorischool.co.kr
이메일 woorischool@naver.com

ISBN 979-11-6755-205-1 43810

• 책값은 뒤표지에 적혀 있습니다.
• 잘못된 책은 구입한 곳에서 바꾸어 드립니다.

결정 거부자

설흔 지음

우리학교

절대로 길을 잃지 않는 법을 알려 줄까?

네가 출발한 곳이 어디였는지만 기억해!

1장

Red Stage

피비는 연회색 그림자로 다가왔다. 내 낡은 륙색을 손가락으로 툭툭 치며 세계에 등장했다. 피비는 말했다.

"똑같은 륙색이네."

교만한 얼굴로 참치 통조림을 먹던 길고양이 한 쌍이 잽싸게 숲으로 도망갔다. 나는 발밑에 놓았던 야구 방망이를 들고 일어났다. 갑작스러운 운동 기구, 흉기의 등장에 피비는 혼이 빠지도록 놀랐다. 허둥지둥과 비틀비틀을 얼기설기 묶은 이단 콤보 동작을 선보인 후 살집 없는 엉덩이로 흉하고 요란하게 착지했다.

나는 소리를 지르지 않았다. 주택가가 몇십 미터 밖에 확고한 실체로 존재했다. 무기도 있었다. 정신만 차리면 불리할 건 없다. 야구 방망이로 바닥을 치면서 피비를 응시했다. 순수하게 륙색에 관심이 있어 말을 건 건지, 미결정 존재에 대한 모종의 불순한 의도로 접근한 건지 가늠하기 위해서. 먼저 륙색.

내 륙색은 진녹색, 피비의 것은 검었다. 내 륙색에는 이스트팩 상표가, 피비의 것에는 쌤소나이트 상표가 붙어 있었다. 피비의 륙색은 내 륙색의 두 배 크기였고, 반짝반짝 빛나는 신상품이었다. 결론. 륙색이라는 공통점 말고는 닮은 구석이 하나도 없었다.

륙색이 아니라면 불순한 의도 쪽이어야 한다. 그런데 피비는 도무지 해를 끼칠 마음을 먹고 접근한 음흉한 히나[+]처럼 보이지 않았다. 가느다란 신체는 부러질 듯 허약했다. 곱슬머리는 반백이었고 검은 뿔테 안경 속 커다란 두 눈은 강아지처럼 선했다. 피비는 도망가거나 덤벼들 의도를 보이지 않았다. 범죄자보다는 나무에 몸을 기댄 자포자기 상태의 중년 노숙 히나에 더 가까웠다.

다시 륙색. 행색은 초라했는데 륙색만 빛이 났다. 부조화. 무슨 뜻일까? 훔쳤나? 남은 돈을 다 긁어모아서 샀나? 찬란했던 과거를 드러내는 상징적인 유물?

포기했다. 책상은 책상, 륙색은 륙색. 생각한다고 륙색이 책상으로, 책상이 륙색으로 바뀌지 않는다. 하지만 궁금했다. 야구 방망이로 바닥을 세게 치면서 물었다.

"똑같은 륙색이라니, 도대체 무슨 뜻이에요?"

+ hienar. 이 세계 성별 중 하나.

피비는 내 륙색과 자신의 것을 번갈아 보았다. 한숨을 한 번 쉬고는 어색하게, 천진하게 씩 웃었다.

“내가 언급한 건 집에 두고 온 이스트팩 륙색. 버리고 온 륙색, 다시 보지 않겠다고 결심한 륙색이다. 내 짐작이 맞다면…… 혹시 너는 호머?”

긴 답변 끝에 느닷없이 튀어나온 내 히나 이름. 위험 신호다. 야구 방망이를 쥔 손에 힘을 주었다.

“네 륙색에 시드니라는 히나 이름이 새겨져 있는 건 알고 있겠지. 시드니는…… 네 엄마이고, 아니 엄마였고.”

나는 대답하지 않았다. 피비가 말했다.

“나와 시드니는 기초학교 때부터 친구였고, 그 관계는 평생, 거의 평생 이어졌다. 지금 네가 멘 륙색의 이력에 대해서도 난 정확하게 말할 수 있어. 법률학교를 졸업하던 날에 기념으로 함께 샀다. 우린 딱딱한 서류 가방보다 부드러운 륙색을 훨씬 더 좋아했거든. 그래, 내 말이 맞는다는 증거는 없지. 시드니는 이제 없으니. 아, 그러고 보니 륙색은 일종의 움직이는 묘비로구나. 이스트팩은 에피태프[++], 즉 묘비명이고.”

듣다 보면 저절로 인상을 쓰게 되는 이상한 발언과 괴이한 비유였다. 륙색을 보며 한다는 소리가 묘비라니, 묘비명이라니. 나

++ epitaph, 사망자를 기리는 묘비에 쓰인 글.

는 한참 후에야 에피타프가 전설의 록밴드 퀸 크림슨+이 부른 노래 제목과 같고, 가사 중에 '운명의 철문 틈에 시간의 씨앗이 뿌려졌다.'라는 구절이 있다는 것을 알았다. 재간꾼 피비는 나와 마주친 그 순간에도 어휘 유희를 즐긴 것이다. 하지만 그건 다 나중 이야기다. 내 머릿속은 온통 시드니로 뒤범벅이었으니까.

피비 말대로 시드니는 오래전에 죽은 사람이다. 얼굴조차 기억에 없는 사람이다. 사람은 떠났어도 관계는 남았다. 시드니는 특별한 관계자, 생모로 늘 내 곁에 존재했다. 시드니라는 이름에 잠깐 다리가 흔들렸다. 그러나 곧 냉정을 되찾았다.

나는 우연을 믿지 않는다. 우연의 연속도 믿지 않는다. 그렇다면…… 니르바타에서 제일 구석진 장소에서, 품위 있는 니르바타 주민은 접근을 꺼리는 음습한 산길에서 이미 오래전에 죽은 엄마의 친구를 갑자기 만났다? 있을 수 없는 일이다. 분명 무엇인가 잘못되었다는 뜻이다. 현학적 표현을 즐겨 쓰는 아빠 식으로 말하면 세계에 균열이 생겼다는 뜻이다. 나, 아빠, 피비, 시드니, 아니 우리 모두의 우주에. 나는 피식 웃었다. 그리고 물었다.

"길고양이를 좋아하세요?"

피비는 고개를 갸웃했다. 내 얼굴을 똑바로 바라보며 말했다.

+ 우리 세계에서는 킹 크림슨이라 부른다. 이 미약한 단서를 통해 남성과 여성의 역할이 우리 세계와 반대라는 사실을 깨닫는다면 당신은 비범한 인물이다.

“좋아하지도, 싫어하지도 않아. 시소는 양쪽에 한 명씩 앉아야 재미가 있지. 나도 하나 물어봐도 될까?

나는 엉겁결에 고개를 끄덕였다.

“부디 솔직하게 대답해 주렴. 호머, 야구 방망이는 도대체 왜 가지고 다니는 거니?”

아빠는 9701호 앞에서 걸음을 멈췄다. 귀중품 다루듯 조심스럽게 벨을 눌렀다. 누군가 곧바로 문을 열고 나왔다. 현관에서 내내 기다렸던 것처럼. 지선 아빠였다.

지선 아빠는 나를 더 반가워했다. 자신의 배로 낳은 아이라도 되는 양 껴안고 머리를 쓰다듬고 손을 꼭 쥐었다. 당장 뿌리치고 싶었다. 아빠를 생각해 참았다. 과격한 환영 인사를 입 꾹 다물고 견뎠다. 지선 아빠는 손바닥으로 내 볼을 툭툭 치는 동작으로 긴 인사를 마쳤다.

"어쩜 눈, 코, 입이 너 어릴 때랑 정말 똑같다."

"그러니까 내 아이지."

지선 아빠는 뜨겁고 호들갑스러웠다. 아빠는 냉정했다. 감정을 애써 숨기는 중이었다. 아빠 식으로 말하면 전략적으로. 아빠는 자신이 원하는 만큼 전략적인 사람은 절대 못 되었다. 아빠는 갑자기 입술을 우물거렸다. 눈물까지 비추었다. 고작 15초 만에.

"미안해, 내가…… 10년 넘게 연락을 안 했지. 다른 사람도 아닌 내가…… 너한테……."

지선 아빠는 아빠 손을 꽉 잡았다.

"말하지 않아도 잘 알아. 우리가 그런 거 따질 사이니? 10년 만이건 100년 만이건 5천 년 만이건 그딴 건 아무 의미 없어. 그나저나 너 늙었다. 몇 달 뒤면 우리가 마흔아홉이라니 믿기지가 않네."

믿기지 않기는 나 또한 마찬가지였다. 아빠는 간신히 40대 후반처럼 보였다. 지선 아빠는 갓 마흔 정도로밖에는 보이지 않았다. 주름살과 허릿살과 흰머리는 아빠에게만 존재하는 모진 세월의 흔적이었다.

"잘 왔어. 잘 결정했어. 이제라도 왔으니 정말 잘됐어. 이제 다시는 헤어지지 말자."

아빠는 어색하게 웃으며 손을 뺐다. 손바닥을 주무르며 시계를 보았다. 문 안쪽을 힐끔거렸다.

"저기, 규칙 소개 방송이 거의 끝났을 것 같은데."

"그깟 추첨을 아직도 기대하는 거니? 너나 나나 행운하고는 거리가 멀어. 우리 어릴 적 기억 안 나니? 함께 울기도 참 여러 번……."

"그래도 보긴 봐야지. 우리 일이 아니잖아."

"그래, 네 말이 맞네. 아이들 미래가 달린 일이니까. 역시 넌 나보다 몇 배는 똑똑해."

집 안에 있던 두 명의 미결정 존재가 우리를 맞이했다. 한 아이는 단정했고, 다른 아이는 특이했다. 단정한 아이는 마르고 키가 컸다. 특이한 아이는 머리를 밀었고 얼굴 절반 크기의 동그란 검은 테 안경을 썼다. 왠지 어디서 본 적이 있는 느낌. 지선 아빠가 말했다.

"지선이는 기억나지? 서너 살 때까지는 늘 같이 놀았는데."

기억? 전혀 나지 않았다. 특이한 아이에게 승부를 걸었다. 한 발짝 다가가서 불쑥 손을 내밀었다. 특이한 아이는 크게 고개를 저었다. 오른손을 마임 배우처럼 과장되게 움직여 단정한 아이를 가리켰다. 단정한 아이가 웃으며 내 손을 잡았다.

"우리가 이렇게 다시 만나게 되는구나. 반가워. 내가 지선이야, 정식 이름은 이정현지선."

기초학교 밖에서 브로글[+]과 히나의 이름이 모두 들어 있는 정식 이름을 소개하는 아이는 처음 보았다. 그때 특이한 아이가 안경을 옷에 닦았다. 안경에는 알이 없었다. 특이한 아이가 지선의 머리를 툭 치곤 입을 열었다.

"놀랐지? 내 친구가 좀 고지식해. 쥐라기에 태어났거든. 게다가 자기가 성평등주의자인 줄 알아."

+ brogle. 이 세계 성별 중 다른 하나.

"성평등주의자라니, 난 우리 사회의 근간을 흔드는 과격한 주장엔 반대야. 히나는 히나답게, 브로글은……."

"교장 선생님, 알아먹었으니까 설교는 그만. 학생들 겁나게 조는 거 안 보입니까?"

"처음 만났을 때는 정식 이름을 소개하는 게 예의지. 너나 나나 그렇게 배웠잖아."

"예의? 악의 제국에서 무슨 예의?"

"악의 제국이라니……."

"그럼 너는 이 나라가……."

"오늘은 그만."

지선 아빠가 논쟁을 끊었다. 특이한 아이의 머리에 꿀밤을 선사하곤 호호 웃었다. 특이한 아이가 머리를 만지며 말했다.

"미안, 우리 사이를 오해하겠다. 초면이지만 과감하게 비밀을 고백하마. 지선이와 난 절친이야. 생일도 6월 15일로 똑같으니 지겹도록 뿌리 깊은 운명이랄까? 혹시 전생엔 부부였을지도. 가장은 나, 쟤는 잔소리 많은 배우자. 퍼스트? 노, 세컨드가 딱. 브로글 세컨드 주제에 분수도 모르고 덤벼들다가 나한테 혼쭐도 많이 났을 테고. 한 시간 빨리 태어났으니 내가 인생 선배. 시비를 주고받는 건 탄생 이래 줄기차게 이어 온 우리 둘만의 슬기롭고 즐거운 취미 생활. 아, 내 정신 좀 봐. 소개부터 하는 게 올바른 순서겠네. 예의 바르게 풀, 풀, 풀 네임으로. 소자는 박태훈소유라고 하옵니다. 반갑습니다. 환영합니다. 웰컴 투 니르바타!"

소유는 자신만의 리듬에 맞춰 머리를 흔들었다. 아빠가 끼어들었다.

"애는 수진이야. 자, 여기까지만……. 다들 자리에 앉자. 곧 추첨한다."

아빠답지 않은 예민한 반응이었다. 지선은 아무런 내색도 하지 않았다. 얼굴 근육과 고갯짓으로 물음표를 완성한 소유만 어깨를 으쓱했을 뿐.

추첨식은 광속으로 끝났다. 소득은 전혀 없었다. 우리는 나란히 첫 숫자의 고비조차 넘기지 못했다. 예선 탈락, 참가에 의의를 두었을 뿐. 의의란 게 있다면. 지선 아빠가 TV를 끄며 말했다.

"트리플 크라운[+]은 역시 쉽지 않네."

나는 아무 말도 하지 않았다. 지선은 동의하듯 고개를 끄덕였다. 시비 전문가 소유는 이번에도 행동에 나섰다. 지선 아빠 앞에 후다닥 무릎을 꿇고 두 손을 벌렸다.

"제발 저를 좀 도와주세요. 다음 달 마지막 추첨식에서도 당첨이 안 되면 끝장이에요. 저 같은 인재가 자격을 채우지 못해 브로글이 된다? 이게 도대체 말이 됩니까? 이 나라가 입을 후회막심할 손해

+ triple crown, 경주마가 3개 대회에서 우승하며 생겨난 말로 스포츠에서 3개 대회나 기록 3개를 제패할 때도 쓴다. 이 세계에서는 성적, 자산, 행운을 모두 갖춘 경우를 말한다.

를 생각해 보셨어요? 부디 저를 입양해 주세요. 지선이의 지루한 얼굴을 보다가 저를 보면 기분이 정말 유쾌, 상쾌, 통쾌해지실 거예요. 인정하시죠?"

"우리 지선이 얼굴이 어디가 어때서?"

지선 아빠는 또 한 번 꿀밤을 선사했고, 소유는 히힛 웃으며 일어났다. 지선 아빠가 보충 설명을 했다.

"쟤네 엄마는 연결 전문 변호사야. 한 달 수입이 웬만한 회사 사장보다 훨씬 많지. 연결을 원하는 히나와 브로글이 사방 천지에 널려 있으니 도산의 염려도 전혀 없고. 하도 까불대서 성적은 아슬아슬하지만, 머리가 나쁜 애는 아냐."

"우리 이정현지선 님의 황홀 찬란한 집안과 반짝반짝 빛나는 황금 대가리에 비하면 메뚜기 발의 피도 못 되옵나이다. 최고급 메뚜기 고기를 드실 때는 부디 저를 생각해 주소서."

"대가리라니. 메뚜기는 또 어떻게 먹니? 하여간, 저 넉살은 못 당한다니까. 모부는 점잖은데 쟤만 별종이야. 쟤가 자기 집처럼 밤낮없이 드나들면서 하도 웃겨서 내 주름살이 하루 단위로 팍팍 늘어요. 가뜩이나 피부도 얇아서 고민인데."

만난 지 5분이 좀 넘었다. 지선과 소유에 대해 알아야 할 것은 이미 다 알았다. 나와는 다른 존재들, 잔이 넘치게 축복을 받은 아이들. 추첨에 별 관심이 없던 이유도 알겠다. 부와 머리를 갖춘 아이들에게 추첨은 운을 시험하는 사소한 놀이일 뿐이었다.

비로소 지선의 집 규모가 눈에 들어왔다. 밖에서 보았을 때보다 훨씬 더 넓고 호화로운 집. 창가로 갔다. 97층에서 내려다보는 세상은 아찔하고 아름다웠다. 통으로 된 거실 창을 통해 니르바타의 바둑판처럼 질서정연한 거리 모습이 한눈에 들어왔다. 아빠가 지선 아빠의 귀에 은밀한 말을 속삭이는 모습이 유리에 비쳤다. 지선 아빠는 고개를 끄덕인 후 우리에게 말했다.

"셋이 나갔다 오지 않을래? 오랜만에 만난 진짜 진짜 친한 친구랑 긴히 할 얘기가 있거든. 아 참, 너희 그거 아니? 우리 둘도 생일이 똑같단다."

소유가 천천히 손을 내밀었다. 지선 아빠는 1만 프루트 지폐 한 장을 소유 손바닥에 올려놓았다. 소유는 "오 마이 갓!"을 외치며 고개를 저었다. 지선 아빠는 두 장을 더 얹었다. 3만 프루트로 용무를 마친 소유는 갑자기 내 손을 잡고 현관으로 뛰었다.

2장

Red Stage

서둘러 문을 연 아빠의 얼굴엔 금세 그늘이 졌다. 내 뒤에 서 있던 피비는 느리게 손을 들었다가 내렸고, 이내 자신의 행동을 후회하듯 고개를 숙인 채 내 곁으로 자리를 옮겼다. 아무도 말하거나 움직이지 않았다. 10분 같았던 10초.

얼음에서 먼저 깨어난 건 아빠였다. 아빠는 말없이 웃었다. 자연스럽게 손을 내밀어 피비와 악수를 했다. 피비는 아빠만큼 능수능란하지 못했다. 피비는 실수로 잘못된 장소에 선 사람의 멋쩍은 웃음으로 화답했다.

아빠는 나더러 먼저 들어가 있으라고 말했다. 두 사람은 현관에 서서 이야기를 나누었다. 대화보다는 작고 귓속말보다는 큰 목소리였다. '선한……' '지하……' '49' 같은 단어와 숫자밖에는 듣지 못했다. 둘은 날씨, 건강 같은 평범한 주제로 잠깐 더 이야기를 나누었다. 아빠는 "그럼 잠깐."이라는 말로 짧은 1차 미팅을 끝냈다.

아빠는 냉장고 앞에서 얼쩡거리는 내게 빠르게 다가왔다. 나는 서둘러 냉장고 문을 열어 사과주스를 꺼냈다. 아빠는 내가 꺼낸 주스를 다시 냉장고에 넣었다. 주스 대신 내 손에 다른 게 들어왔다. 직사각형으로 접힌 노란 종이 한 장. 정체를 파악하기 위해 종이를 펼칠 필요는 없었다. 내가 쓰고 접은 종이, 내가 아빠에게 남긴 종이였다. 내용을 쓱쓱 적고 두 번 접은 후 냉장고에 붙여 놓았던 물건.

아빠는 감정을 섞지 않은 목소리로 말문을 열었다. 증거 목록 1호인 종이를 내 눈앞에서 빠르게 흔들면서 물었다.

"우선 격식의 문제. 우리 사이가 손으로 찢은 종이쪽지 한 장의 가치밖에 안 되니? 봉투 한 장도 아깝다는 뜻이니?"

쪽지의 내용을 설명하기 전에 내 소개를 잠깐 하고 넘어가는 게 좋겠다. 이야기의 흐름이 깨질까 봐 걱정하지 않아도 된다. 말 그대로 잠깐이다.

이름이 호머란 건 이미 밝혔다. 가명이다.

열다섯 살 생일을 앞둔 미결정 존재다.

성적과 자산 점수는 모두 꽝, 꽝 폭탄이다.

추첨은 처음부터 기대하지도 않았다. 숫자도 적어 내지 않았다.

결론 : 히나가 될 가능성은 제로.

밑져야 본전인 추첨에는 왜 응하지 않았느냐고 묻고 싶을 것이다. 나는 우연을 믿지 않는다. 우연의 연속이 겹치고 겹쳐야 가능한 추첨 운 따위는 더더욱 믿지 않는다. 그렇듯 현실적인 성향이라면 티오피 전문학교나 직업학교를 미리 준비하는 거냐고 다시 묻고 싶겠지. 흔한 오해다. 우연을 믿지 않는다고 현실적인 성향인 건 아니다. 나는 티오피 전문학교나 직업학교에도 관심이 없다. 더 알아듣기 쉽게 말해 줄까?

나는 미래나 희망 같은 단어를 믿지 않는다.

브로글이 된 후의 내 삶을 설계하는 일에는 전혀 관심이 없다.

아빠는 내 태도를 달갑게 여기지 않았다. 설득하려 애를 쓰지도 않았다. 매로 다스린다? 지루한 훈계를 한다? 눈물을 흘린다? 부탁한다? 다른 세상 이야기다. 아빠는 그런 유의 판에 박힌 반응을 하는 사람과는 거리가 멀다. 마냥 정신을 놓고 살면 나중에 지랄 발광하게 된다는 악담만 몇 차례 지나가듯 흘렸을 뿐.

아빠의 발언이 먹히기는 했다. 의도했던 방향은 아니었지만. 기초학교 수업을 마치고 돌아왔을 때만 해도 아무런 생각이 없었다. 다른 날처럼 평범하게 소파에서 빈둥거렸다. 허리가 불편해 몸을 한 번 뒤집었다. 그 동작이 문제였다.

몸 아래 몰래 숨어 있던 아빠의 말이 갑자기 두둥실 떠올랐다. 머리 위에서 번개가 쳤다. 아빠의 말은 타오르는 도화선으로 변했고, 내 행동의 과격한 지침서가 되었다. 나는 주먹을 쥐었다. 발광하는 삶을 살고 싶지 않았다. 티오피 전문학교나 직업학교를 거부한 내게 남은 대안은 몇 가지 없었다. 아빠에게 평생 숙식을 의지하는 히키코모리가 되거나 아르바이트로 푼돈을 벌면서 근근이 사는 것. 그러다 나이를 먹으면 돈 많은 히나를 붙잡아 세컨드나 서드의 길을 가는 것이 최선일 테고.

그렇게 살고 싶지는 않았다. 넓은 세상에 나아가 뭐라도 하고 싶었다. 미래, 희망까지는 아니어도 내가 살아 있다는 증거를 찾고 싶었다. 나중이 아니라 바로 지금! 마음이 급해졌다. 조금도 지체해서는 안 된다! 그래서 벌떡 일어났다. 연습 노트를 한 장 찢어 짤막한 글을 썼다.

집 나갑니다.

알아서 잘 살 테니 굳이 찾지 마세요.

그리고 라면은 가끔만 드세요.

마지막 줄, 지우려다가 그냥 두기로 했다. 언젠가는 꼭 하고 싶던 말이다. 혼을 불어넣듯 종이에 뜨거운 숨을 내쉬었다. 두 번 접어서 냉장고에 붙였다. 조금 두꺼웠으나 야구공 자석이 감당할 만한 수준이었다. 만일을 대비해 축구공 자석을 하나 더 붙인 것으로 작업은 종료.

집 안을 둘러보았다. 갑작스럽게 내린 결정이었기에 약간의 준비가 필요했다. 잠깐 망설였다. 완벽한 짐 싸기는 어차피 불가능했다. 없는 것보다는 낫겠지, 하는 소박한 마음으로 몇 가지를 골랐다. 손전등, 휴지, 라면 두 봉지를 넣고 노트북과 참치 통조림으로 마무리했다. 만족스럽지는 않았다. 나쁘지도 않았다. 사막이나 정글 탐험을 하려는 건 아니니까.

서둘러 신발을 신는데 문 앞에 놓인 야구 방망이가 눈에 들어왔다. 운명이었다. 야구 방망이에 손을 대고 중얼거렸다.

"원한다면 함께 가 주마."

계획은 간단했다. 산길을 따라 걷는 것. 집 뒤로 이어진 산을 넘어 고르곤으로 갈 생각이었다. 왜 하필 고르곤이냐고? 글쎄, 고르곤에 대해선 전혀 모른다. 극빈의 상징 유레카보다는 낫겠다고 여겼을 뿐. 고르곤 이후? 생각하지 않았다. 위대한 히나들의 조언대로 우선은 한 걸음부터. 시작이 반이니까.

실패할 수 없는 초심플한 계획. 현실은 달랐다. 나는 속도를 내지 못했다. 산길에 들어서자마자 유혹에 빠졌다. 스티로폼 상자 앞에서 해바라기를 하며 편안히 쉬고 있는 검은 길고양이 한 쌍을 만났다. 녀석들은 나를 보고도 피하지 않았다. 나를 반기는 것처럼 야옹거리며 먹이를 요구하는 간절한 눈빛을 보냈다. 3초를 버텼다. 녀석들이 이기고 내가 졌다. 륙색에서 참치 통조림을 꺼냈다. 야구 방망이를 내려놓고 길고양이의 식사를 넋 놓고 구경하는 동안에 일어났던 일은 이미 밝혔다.

우당탕, 짧고 요란했던 사건 이후 피비와 함께 집으로 돌아왔으니 가출 시간은 채 한 시간도 안 되었다. 산책보다 짧은 가출이었다. 운이 좋았다면 아빠는 내가 가출했다는 사실을 아예 몰랐을 수도 있다. 그런 일은 일어나지 않았다. 이제 내가 운을 믿지 않는 이유에 조금은 공감할 것이다.

나도 격식이 부족했다는 건 인정한다. 미안했다, 진심으로. 사과하기엔 자존심이 상해 묵비권을 행사했다. 아빠는 내 표정을 살피곤 그다음 질문으로 넘어갔다.

"일종의 출사표인 셈인데 글 수준이 그게 뭐니? 제갈공숙+을 바라지는 않는다. 석 줄을 쓰는데 라면보다는 나은 내용을 생각할 수는 없었니?"

"매일 밤 라면을 먹는 건 건강에 좋지 않으니까. 내가 모를 줄 알았어?"

+ 우리 세계에서는 제갈공명이라 부른다. 촉한의 정치가. 삼고초려의 고사와 출사표로 유명하다.

"비밀로 한 건 아니야."

"내가 자고 나면 먹잖아."

"걱정되는 건 그거 하나뿐이니?"

"비타민은 꼬박 잘 챙겨 먹는 것 같으니까."

아빠는 짧게 한숨을 쉬고 다음으로 넘어갔다.

"마지막으로 가장 중요한 실행의 문제, 대책도 없는 어리석은 가출에 찬성하지 않는다. 어정쩡한 시도는 더 꼴불견이다. 칼을 뽑았으면 무라도 베어야지 왜 다시 집으로 기어 들어왔니? 부끄럽지도 않니?"

제갈공숙처럼 만고에 빛나는 천재는 아니어도 아예 바보는 아니다. 아빠의 마지막 질문은 어느 정도 예상했다. 적절한 답이 있어서 마음이 편안했다. 나는 자신 있게 냉장고 문을 열었다. 사과주스를 꺼내 용기째 들고 마셨다. 시원하게 트림을 한 후 피비를 보았다. 뭔가를 예감한 듯 미리부터 활짝 웃고 있는 피비를 보면서 폭탄을 투척했다.

"저 늙은 아줌마 때문이지. 내 말뜻 알지? 악한 도망자라고 얼굴에 쓰여 있잖아. 불쌍해서 도저히 그냥 내버려 둘 수 없더라고."

우리는 212 공원으로 갔다. 소유는 벤치에 앉자마자 근엄한 얼굴로 질문을 던졌다.

"왜 하필 이 후진 니르바타로 왔냐?"

니르바타는 후지지 않았다. 수도인 제로시티를 제외하면 이 나라 최고의 도시다. 소유는 사전에 지선 아빠에게서 대략의 정보를 얻어들었을 것이다. 지선 아빠는 조용히 입을 다물고 사는 스타일은 아니다. 그러므로 소유의 질문은 재해석되어야 한다.

엄마도 없는 네가,

빈민들의 천국 유레카에서 찌그러져 살던 네가,

굳이 부유한 니르바타로 이사 온 이유가 도대체 뭐냐?

그것도 성별이 결정되는 열다섯 생일을 앞둔, 인생에서 가장 중요한 시기에.

"그런 질문은 실례야."

지선이 내 편, 정확히 말하면 예의의 편을 들었다. 나는 괜찮다고 말했다. 어차피 치러야 할 통과 의례, 빨리 끝내 버릴수록 좋았다.

"열다섯 생일은 고작 석 달 며칠 남았는데 자산 점수도 성적 점수도 다 하위 그룹이야. 조금 모자란 것도 아니고 한참 모자라지. 너무 모자라서 마음의 동요도 혼란도 전혀 없고 오히려 알프스의 깊은 호수보다 더 맑고 고운 경지. 마법 소녀 헤르미온느나 자스민[+]의 램프라도 지금은 속수무책."

소유는 빈틈없이 내 약점을 찔렀다.

"재수도 더럽게 없는 편이지?"

"그런 쪽으로는 아예 만리장성을 쌓았지. 용맹스러운 흉악족도 넘보지 못할 단단한 장벽을."

"흉노족이겠지."

"그래, 흉노족. 말하면서도 조금 이상하긴 했어."

"사용하는 언어나 감수성 수준을 보니 추첨용으로 고른 숫자는 항상 생일이었겠네?"

+ 우리 세계에서는 알라딘이라 부른다.

"딱 맞혔네. 번호는 0808, 바로 내 생일."

"삼박자를 두루 갖췄군. 가난하고 공부 못하고 재수 없고. 고고고, 거꾸로 트리플 크라운. 헉, 못생기기까지 했네. 으악, 으악, 내 눈 어쩔 거야?"

"그만해."

지선이 만류했다. 소유는 입안에서 무언가를 꺼내 내게 주는 마임을 선보였다.

"자, 받아라. 오늘도 어김없이 꺼내게 되는구나."

"뭔데?"

"어이없음이다. 아마존 특수 조충처럼 길이가 어마어마하다."

"그만해라. 오늘은 어째 좀 더 심하다."

"내가 없는 말 했냐?"

"너는 배려심도 없니?"

"배려? 얘 처지가 곤란한 게 내 잘못이냐?"

"그래도 같은 미결정 존재끼리……."

"돈과 머리로 잔인하게 등급을 나누는 이 차별과 통제의 나라에 네가 말하는 배려가 끼어들 자리가 있기는 하냐? 말로만 자유, 말로만 평등. 얘와 우리가 같은 미결정 존재라니 하늘이 웃고 땅이 웃겠다."

"말 삼가라. 넌 수진이를 모욕하고 있어."

"사실을 말하는 게 무슨 모욕이냐?"

"싸우지들 마. 난 괜찮아. 아무렇지도 않아."

나는 둘의 언쟁을 종결시켰다. 그냥 하는 말이 아니라 정말로 괜찮았다. 괜찮음을 넘어서 유쾌했다. 소유라는 별종 때문에.

여태껏 살아오면서 이렇듯 노골적으로 내 삶의 수준을 집요하게 물어보고 대놓고 냉정하게 평가한 아이는 단 한 명도 없었다. 만 10세를 넘은 미결정 존재에게 집안의 자산과 자기 성적은 공식적으로 입 밖에 내서는 안 될 금기어다. 적어도 우리는 보육학교 시절부터 예의라는 이름 아래 그렇게 교육받아 왔다. 그러나 기초학교 벽에는 학생들의 성적이 달마다 백분율 단위로 정확히 공개된다. 한 편의 질 낮은 코미디. 집안의 자산 수준 또한 지역 결정 사무소에서 조금만 발품을 팔면 누구나 쉽게 알 수 있다. 위선도 이보다 더한 위선은 없을 터.

"그래서 왜 왔는데?"

본래 의도를 잊지 않은 소유의 집요한 질문. 나는 엄지와 검지를 지선 쪽으로 총을 쏘듯 뻗었다.

"얘네 집에 적극적으로 빌붙으려고. 피를 쭉쭉 쪽쪽 맛있게 빨아먹는 빈대가 되려고. 조충보다는 빈대가 한 수 위지."

나는 우리 집의 우울하고 비참한 역사를 속성으로 강의했다. 중요 포인트는 세 가지였다. 첫째, 엄마는 49세 생일 기념으로 선한 포기자가 되었다. 둘째, 세컨드였던 아빠는 연합 정부에서 받은 위로금을 종잣돈 삼아 당시 유행하던 장식용 고가 서적 전문 출판사를 차렸다. 셋째, 한두 해 반짝 호황을 누렸던 사업은 유행에 편승한 것들이 다 그렇듯 이내 긴 침체기로 접어들었다. 요점 강의 후엔 본론을 생략하고 곧바로 결론으로 넘어갔다.

"우리 아빠는 소문난 자산가인 얘네 엄마한테 출판사를 넘길 생각이야. 넘기고 말고 할 가치도 없는 종이 쪼가리 회사지만 얘네 아빠와의 오랜 친분이라는 감성팔이 요소를 총동원해 어떻게든 설득하겠다는 심산이지. 엄청난 계획이지?"

"어쩌지? 우리 엄마는 감성에 움직이는 사람이 아니야. 숫자를 믿고, 이익을 숭배하는 냉정한 사업가야. 자기밖에 모르는 사람."

지선의 부드러우면서도 간명한 대답. 지선은 진심으로 염려, 혹은 동정했다. 교과서에 실릴 만한 모범적인 표정으로. 나는 깔깔, 문어체로 웃은 후 대답했다.

"내 생각도 그래. 꼭 네 엄마 아니더라도 사업가에게 감성이 통하겠니? 얼굴 한 번 본 적도 없는데 아빠들 사이의 인연 같지도 않은 인연을 핑계로 친한 체한다? 나도 안다고. 아빠가 하려는 건 구걸이지. 체면이고 뭐고 다 내려놓고 싹싹 빌겠다는 거야. 기왕 빌 바엔 잘 모르는 사람에게 비는 게 덜 비참할 거라는 게 아빠의 이상한 논리겠지. 아빠도 참. 고작 나 같은 아이 때문에. 난 생각도 비전도 없는 아인데. 어렵사리 히나가 되어 봤자 결국 실패하고 말 하등 쓸모도 없는 인간인데. 우리 아빠는 정말 한심해. 겉보기엔 똑똑해 보여도 이 나라에서 최고로 한심하다니까. 하긴 아빠도 책임이 있네. 내가 공부를 못하는 건 다 아빠를 닮아서야. 망할 아빠 같으니. 왜 나를 이 모양 이 꼴로 낳았을까?"

나는 눈물이 날 때까지 깔깔, 이번에는 진심으로 웃었다. 한참 웃고 나니 주위가 갑자기 조용해진 기분이었다. 소유가 손바닥으로 내 등을 툭툭 치며 콜라 캔을 건넸다.

"농장에서 금방 뽑아 온 신선한 코크야. 막힌 속 뚫는 데는 오리지널 코크가 최고거든. 물론 내가 이 세상에서 최고로 존경하는 안나 워홀[+]은 모든 코크는 다 똑같고 다 좋다고 말하긴 했지만."

목이 말랐기에 콜라부터 한 모금 마셨다.

"안나 웜홀이 누구야? 우주 과학자?"

지선이 내 오류를 친절하게 수정해 주었다.

"웜홀이 아니라 워홀. 우주 과학자가 아니라 예술가. 관능적인 브로글 배우 무스타파 먼로[++] 판화 연작으로 유명하지."

"무스탕…… 누구?"

"무스타파 먼로."

소유가 머리를 좌우로 미친 듯이 흔들고는 물었다.

"이 한심한 미결정 존재 좀 보게. 공부만 못하는 게 아니라 상

+ 우리 세계에서는 앤디 워홀이라 부른다. 팝아트의 선구자. 〈캠벨 수프〉 등의 작품이 있다.

++ 우리 세계에서는 마릴린 먼로라 부른다. 영화배우. 〈신사는 금발을 좋아한다〉 등의 작품이 있다.

식도 완전 재앙 수준이네. 흉악족과 웜홀에 먼로는 아예 몰라. 오늘 들은 것만 해도 유니버스 클래스다. 유레카 기초학교에서 도대체 뭘 배웠니? 괜히 웃기려 하지 말고 한 번만 진지하게 대답해 봐. 정말 안나 워홀을 몰라?"

"응, 몰라. 말했잖아. 난 공부도 못하고 상식도 부족하다니까. 게다가 관심도 개선 의지도 전혀 없어."

"안나 워홀은……."

소유는 지선의 입을 손바닥으로 덮었다. 소유는 지선 아빠처럼 내 머리를 마구 쓰다듬었다.

"너, 정말 기이하게, 끔찍하게, 처절하게 마음에 쏙 든다. 가진 건 아무것도 없으면서 조금도 기가 안 죽다니. 소름 끼치게 무식한데, 찬란하게 뻔뻔하다고나 할까? 넌 정말 유레카다. 유레카 뜻은 알지?"

"어쩔 수 없이 알게 됐지. 교실 벽에 늘 붙어 있었으니까."

"천만다행이다. 교실 벽도 가끔은 쓸모가 있구나. 미안한데 아까는 앨리스네 토끼 뒤꿈치만큼도 관심이 없어서 제대로 못 들었다. 네가 막 끌리는 비주얼은 아니잖아? 이름이 뭐라 그랬지?"

"수진. 정식 이름도 알려 줄까?"

"노, 노, 노! 한 아이로도 이미 많다. 견디기가 쉽지 않단 말이다."

"예의 아닌가?"

"입 다물고 자, 손 내밀어라. 이제부터 우린 삼총사다. 삼총사가 뭔지는 알지?"

"만화 제목이잖아. 재미있더라. 절세 미녀 달따랑의 신박한 검술도 볼 만하고."

"달따랑? 하여간…… 완벽하다."

소유가 손을 내밀었다. 지선이 뒤늦게 깨닫고 자지러지듯 웃으며 소유의 손을 덮었다. 지선의 손목에는 가느다란 뱀 같은 상처가 있었다. 내가 빤히 쳐다보는 걸 지선도 알았다. 상처를 가릴 생각도 하지 않았고 설명도 없었다. 소유는 곧바로 농담을 우수수 쏟아 냈다.

"삼총사답게 우리 이름도 새로 지을까? 달따랑, 해따랑, 별따랑. 어때? 물론 찬란하게 빛나는 내가 해따랑이고, 어딘지 음흉한 지선은 별따랑."

좋은 이름이었다. 그 옛날 영랑호를 노닐던 원화[+]가 된 기분. 그런데 나는 아직 결정을 못 내렸다. 삼총사도 좋고 원화도 좋다. 비밀스러운 우정 모임에 속하는 건 뿌듯했다. 먼저 확인할 것이 있었다. "잠깐만."이라고 외쳐 축하 행사를 중지시킨 뒤 물었다.

"이 추세라면 난 브로글이 될 게 분명해. 너희들, 그래도 괜찮아?"

지선은 곧바로 고개를 끄덕였다. 소유는 내 얼굴을 빤히 바라보며 논란이라는 놈에게 사소한 틈도 주지 않는 명확한 정의를

+ 우리 세계에서는 화랑이라 부른다.

내렸다.

“세 명이면 삼총사지.”

“가입증 같은 건 없니? 아니면 배지? 목걸이? 칼?”

“미안하다, 유레카에서 온 전대미문의 끔찍한 친구야. 비자금이 없어서 미처 마련하지 못했다.”

“비자도 필요해?”

“그만해라.”

내가 고개를 끄덕이며 둘의 손 위에 손을 올리자 소유가 물었다.

“기왕 신상 조사하고 비밀 단체도 결성하는 김에 사소한 것 하나만 더 묻자.”

“물어봐. 뭐든 알려 줄 테니. 다 털어놔서 이제 더 숨길 것도 없다. 원체 가난한 집안이라 비밀도 부족해.”

“집안의 가장 히나가 없는 집에 사는 건 도대체 어떤 기분이냐?”

소유다운 신선한 질문이었다. 엄마가 선한 포기자의 길을 택했을 때 나는 다섯 살이었다고 한다. 곰곰 생각했으나 별다른 기억이 떠오르지 않았다. 감정 이입법을 사용했다. 검사 출신 사업가 엄마나 연결 전문 변호사 엄마와 사는 기분을 잠깐 떠올려 보았다. 그들의 부재를 상상하며 대답했다.

“전보다 공간을 넓게 쓸 수 있지. 아주 가끔은 너무 넓어서 죄송하고 황송하다는 기분도 들고. 그래서 아주 조금, 개구리 눈깔이나 도마뱀 꼬리만큼 외롭고.”

3장

Red Stage

자신을 악한 도망자로 규정한 내 말을 들은 피비는 다음과 같은 반응을 순차적으로 보였다.

허리를 곧추세웠다.

땀을 흘렸다.

눈을 깜빡였다.

고개를 끄덕였다.

그리고…… 자백했다.

'범죄자의 미덕'이라는 박물관이 존재한다면 일단은 잡아떼고 보는 기술이 첫 번째 전시품이 되어야 한다. 더 잡아뗄 수 없는 최종 증거가 나오기 전까지는, 아니 명명백백한 최종 증거가 나와도 말이다. 잡아떼기. 범죄자를 범죄자답게 만드는 시작이자 끝이자 핵심 요소. 성경의 표현을 따르면 알파와 오메가.

피비는 버티지 않았다. 고민하는 시늉조차 하지 않았다. 거리도 가늠하지 않고 대충 던져 본 미끼를 덥석 물고 항복 선언을 했다. 피비는 타고난 범죄자감은 못 되었다. 마피아 게임도 해서는 안 되겠고.

"사립 탐정 앨리스 말로[+] 못지않은 대단한 직감이로구나. 그래, 네 말대로다. 나는 악한, 음흉하고 사악한 도망자다."

게다가 피비는 틀렸다. 대단한 직감은 무슨. 나는 아빠에게 일방적으로 추궁당하던 중에 피비와 눈이 마주쳤고, 그 순간 처음으로 악한 도망자라는 단어를 떠올렸을 뿐이다. 피비와 아빠가 나눈 짧은 대화의 기억이 파편 형태로 머릿속에, 무의식 속에 남아 있었으니까.

제대로 듣지도 못하고 의미를 파악하지도 못한 내가 나도 모르게 그 무시무시한 말을 겁 없이 내뱉은 이유는 하나, 사면초가의 국면을 어떻게든 전환하기 위함이었다. 나에게 쏠린 지나친 관심을 피비에게 돌려 숨이라도 한 번 제대로 쉬기 위함이었다. 그런데 정말로 악한 도망자라니.

+ 우리 세계에서는 필립 말로라 부른다.

나는 경악했다. 악한 도망자는 이 나라의 근간을 흔드는 중범죄자라고 나는 배웠다. 뉴스에서 보던 흉악한 범죄자가, 경찰서 수배자 포스터의 가장 윗줄을 장식하는 무서운 범죄자가 우리 집 소파에 앉아 있는 것이다. 당사자는 여유로웠다. 내 속마음도 모르는 채. 살짝 붉어진 얼굴만 봐서는 범죄가 아니라 막 첫사랑을 고백한 것 같았다. 어느새 웃음도 되찾았고. 더 이상한 건 아빠였다. 아빠는 관심 없는 연예인의 가십 이야기를 듣듯 심드렁한 표정이었다. 둘의 태도엔 뭔가 공통점이 있었다……. 그렇군.

다시 말하지만 난 바보는 아니다. 둘은 사전에 정보를 교환했다. 즉, 아빠는 피비가 악한 도망자라는 사실을 미리 알고 있던 것. 피비가 아빠에게 물었다.

"잘 됐네. 이제 털어놓아도 될까?"

아빠는 고개를 끄덕이며 말했다.

"짧게."

피비는 말했다.

"49세 생일날 선한 포기자가 되겠다고 서약하고 10퍼센트의 축하금을 미리 받은 예약자가 된 건 한 달 전이었다. 지난달 말일이 내 마흔아홉 번째 생일이었다. 정식으로 악한 도망자 신분이 된 건 오늘로 3일째. 생초보지."

예약자가 되어 축하금을 미리 받는 건 분명 매력적인 조건이다. 죽어야 얻을 수 있는 대가를 살아서 만져 볼 수 있으니까. 다만 사소한 문제가 있다. 한번 받고 나면 되돌릴 수가 없다. 선한 포기자는 스스로 죽음을 결정하는 만큼 언제든 포기할 수 있다. 강제 조항이 없다는 뜻이다. 예약자는 예약하는 순간 이미 불가역 선한 포기자 명단에 오른다. 다시 말하면 예약한 순간에 이미 죽은 자로 집계된다. 예약금을 받고 사라지는 악한 도망자가 중범죄자로 분류되는 이유도 그 때문이다. 죽은 자가 되살아나는 셈이니까. 무덤에서 부활한 구세주가 되는 셈이니까. 뜯긴 돈도 회수해야 하지만, 무엇보다 죽음을 삶으로 바꿔 버리는 그 뻔뻔함을 이 나라는 절대로 용서하지 않는 것이다.

합당한 처벌은 한 가지밖에 없다. 죽음, 즉 사형이다. 중병에 걸렸거나 삶을 완전히 포기한 사람, 죽고 싶어 안달복달한 사람이 아니고는 예약자가 되지 않는 이유다. 사람이란 묘한 존재라서 1퍼센트의 희망이라도 남아 있다면, 실제로는 99퍼센트의 절망이라는 뜻인데, 절대 예약자가 되지 않는다. 브로글이 될 가능성이 매우 높은 미결정 존재가 장학금, 경력 인정 등 수많은 혜택에도 불구하고 절대 사전에 성별을 결정하지 않는 것처럼.

예약자의 숫자가 많지 않으니 악한 도망자의 숫자가 넘쳐 나지 않는 건 당연하다. 왜 하필 예약자가 되었느냐는 내 질문에 (멍청한 질문일까, 현명한 질문일까? 하나 마나 한 무의미한 질문일까?) 피비는 토론에 나온 준비된 대선 후보처럼 곧바로 대답했다. 묻지 않은 질문에 대한 답도 덤으로 얹어 주었다.

“더 살고 싶지 않았다. 더 살아야 할 이유를 전혀 찾을 수 없었다. 그런데 왜 생각이 바뀐 건지 궁금하겠지. 네 아빠의 뛰어난 능력을 한 번 더, 마지막으로 시험해 보고 싶었다고 한다면 적당한 답이 될까?”

마지막 문장은 이해하기 어려웠다. 피비는 내게 말한 것이 아니었다. 아빠를 보며 동의를 구했다. 아빠는 끼고 있던 팔짱을 풀었다. 아빠답게 보란 듯이 비웃었다.

“능력은 무슨. 내 나이도 당신 나이랑 똑같아. 당신만 폭삭 늙은 게 아니야.”

“폭삭이라, 그건 몰랐네. 거울로 볼 땐 괜찮아 보였는데. 사람은 자기에겐 관대하기 마련이니까. 내가 보던 건 특수 거울이었나?”

피비는 웃음을 지었다. 경탄과 허무가 절반씩 섞인 웃음이었다. 아빠는 흉한 괴물을 본 것처럼 얼굴을 찌푸리며 말했다.

“아무튼, 뭔가를 하기는 해야겠지. 모두의 생존을 위해. 신분세탁도 안 된 악한 도망자와 같이 지낼 수는 없을 테니까. 부탁하나 해도 될까?”

“뭔데?”

“제발 그만 좀 웃어. 한심한 농담도 줄이고.”

아빠는 피비를 서재로 (실제 용도는 창고에 더 가깝다.) 안내하라고 내게 명령을 내렸다. 잡동사니로 가뜩이나 비좁은 공간 한구석엔 1인용 침대가 놓여 있었다. 못 보던 물건이었다. 상표도 그대로 붙어 있었다. 피비는 침대에 앉아 짐부터 풀었다. 홍겨운 목소리로 말했다.

"거처는 정해졌으니 가방을 풀어 볼까?"

가방을 싸는 이들은 마리아 페소아+를 모범으로 삼아야 한다. 용도에 맞게 어찌나 가방을 훌륭하게 잘 쌌는지 '페소아처럼 가방 싸기'는 자신에게는 평생 이루어야 할 하나의 꿈, 소망이나 마찬가지라고 피비는 내게 말했다.

페소아는 먼저 자신이 쓴 원고들로 가방을 채웠다. 한 장도 빼놓지 않고 모두 싹싹 긁어모았다. 구획을 나누어 날짜와 목차별로 완벽하게 정리한, 자기애적 편집광의 질서정연한 가방을 상상했을 것이다. 그렇기도 하고 그렇지 않기도 하다. 페소아는 자신만 아는 정교한 분류 키워드를 이용해 원고를 집어넣었다. 키워드를 알고 있는 유일한 사람인 페소아가 죽고 없는 지금 우리 앞에 남겨진 건, 마구 뒤섞여서 어디가 처음이고 어디가 끝인지도 모르는 3만 장의 원고들이다. 페소아가 수많은 필명과 이명을 동원해 잡다한 장르의 글을 썼다는 사실까지 더하면 식별 작업은 더더욱 복잡해진다.

그런데 이 상황은 정확히 페소아가 의도한 것이다. 페소아는 이렇게 썼다.

+ 우리 세계에서는 페르난두 페소아라 부른다. 작가. 『불안의 책』으로 유명하다.

사물 내면의 유일한 의미는 의미 따윈 전혀 없다는 것뿐.

모호한 암호문으로도 부족했는지 죽기 직전에는 조금 더 설명적인 문장을 썼다.

나는 내일을 거의 믿지 않는다.

가방을 싸는 유일한 의미는 아무런 의미도 없다는 것뿐이며, 가방 안의 사물이 언제 어떻게 정리되고 귀결될지는 아무도 (그 자신을 포함해) 모른다는 것이다.

페소아가 죽은 뒤, 가방 속의 원고들을 정리해 출판한 『불안의 책』은 절대로 완성본일 수 없는 책이다. 페소아의 키워드를 추측해서 만들어진 책이기 때문이다. 덕분에 연구자들은 심한 두통과 회의와 자기혐오에 시달리며 작업을 해야만 했다. 오죽하면 페소아 편집하기가 하나의 장르가 되었겠는가? 그러므로 페소아의 메가 히트작 『불안의 책』은 '혼란의 책'으로 제목이 바뀌어야 한다. 페소아가 가방을 싸면서 머릿속으로 생각했던 진짜 키워드는 '혼란'이라는 게 피비의 생각이었다.

페소아에 비하면 피비의 가방 싸기는 한심 그 자체였다. 노트북, 서점 포장지로 표지를 감싼 책 두 권, 원고지, 만년필, 티셔츠 두 벌, 포장을 뜯지 않은 팬티 두 장, 그리고 손수건과 칫솔. 1박

2일 예정으로 떠난 여행지에서 글을 쓰기에는 적합한 구성이었다. 도망자의 가방은 절대 아니었다. 나도 모르게 피식 웃었다. 피비는 함께 웃었다. 웃음은 짧았다. 피비는 이내 정색한 얼굴로 말했다.

"가출하면서 야구 방망이를 집어 든 네가 나를 비웃는 거냐? 모르긴 몰라도 네 륙색의 구성 또한 가출이라는 본연의 목적에 적합하지는 않았을 것이다. 열어 보지 않아도 그 정도는 알 수 있다. 사람의 마음을 읽고 글로 옮기는 걸 인생 후반부의 직업으로 삼았으니 말이다. 어떠냐, 내 말이 겨자씨만큼이라도 틀렸느냐?"

내 얼굴빛이 조금 변했나 보다. 피비는 킥킥 웃으며 말했다.

"농담이다, 농담. 기분 나빴다면 사과하마. 난 사과의 달인이거든."

피비가 웃음 띤 얼굴로 손을 내밀었다. 손 따위, 잡고 싶지 않았다. 나는 고개만 살짝 숙여 보이고 서재를 나왔다.

Blue Stage

우리 삼총사는 첫 번째 정식 모임을 했다. 오후 8시에 212공원 플레이그라운드 영역에서 만나 캐치볼을 즐겼다. 시간이 밤에 가까웠던 건 지선과 소유가 법률 학원에 다녔기 때문이다. 법률 학원은 수업 시간이 길기로 유명하다. 학교만 마치면 온통 자유 시간인 나와는 달랐다.

셋은 마법의 숫자였다. 미니 게임은 물론, 더블 플레이와 도루 연습도 가능했다. 대낮처럼 공간을 환히 비추는 LED 탑 기둥에 기대어 마시는 코크는 안나 워홀을 떠올리지 않아도 최고였다. 땀을 닦던 지선이 웃으며 물었다.

"학교는 마음에 들어?"

"마음에 쏙쏙 들어, 오리지널 코크처럼."

소유가 곧바로 제동을 걸었다.

"비교 오류다. 코크를 모욕하지 마라."

"코크로 목욕하려면 우선은 부자여야겠지. 워홀도 달러 부자였으려나? 혹시 암달러상?"

"하여간 달따랑은 보통 강적이 아니라니까. 도대체 방심을 못 하겠어."

나는 담임과 아이들이 합심해 베풀었던 따뜻한 환영식 이야기를 했다. 유레카 출신, 자산 점수, 성적 점수 바닥이라고 소개했더니 그다음부터는 아예 유령 취급했다고.

지선이 진지하게 받았다.

"니르바타 애들이 좀 배타적이기는 해."

"배타는 무슨, 애초부터 싸가지가 부재한 거지. 자기들이 잘난 줄 아는 착각에 빠져 사는 애들이니까. 엄마 잘 만난 게 다인 주제에. 나사 수십 개가 부족한 불량품들."

소유는 코크 캔을 쓰레기통에 던져 넣었다. 골인. 짧게 환호한 후 주제를 바꾸었다.

"안나 워홀 같은 위대한 전위 예술가가 되고 싶어."

지선이 반박했다.

"안나 워홀은 사업가야. 좋게 포장해도 사업하는 예술가. 팩토리를 여러 개 운영한 걸 보고도 모르겠어?"

"뭐, 팩토리? 팩토리를 안나 워홀이 만들었어?"

내 반문에 지선과 소유가 동시에 나를 쳐다보았다. 심지어 지선의 얼굴에도 놀라움이 비쳤다. 소유가 씩 웃으며 내 어깨를 두드렸다.

“웜홀이 아니라 워홀. 구강 구조가 이상한가? 자, 따라 해 봐. 워홀.”

“워홀.”

“잘하네.”

“이상해, 웜홀이 더 자연스러운데.”

“됐다. 안나 워홀의 팩토리는 이 나라의 팩토리가 아냐. 잠깐만, 잠깐만. 그래, 지렁이도 밟으면 꿈틀거린다더니 달따랑, 졸라 무식 대잔치인 네 말도 일리가 있네. 어쩌면 진짜보다 더 진짜인 팩토리. 자본주의에 찌든 미술계를 야유하는 의미로 붙인 이름이기도 하니.”

지선이 말했다.

“그건 그냥 궤변이야. 안나 워홀은 똑같은 그림을 수도 없이 찍어 내 돈을 긁어모았어. 자본주의의 화신이었지.”

“아니야, 아니야! 그렇지 않아. 넌 예술을 몰라.”

“심지어 실제 작업은 자기가 하지도 않았다는데? 궂은일은 조수들이 다 했다는데?”

“건축가는 자기가 건물을 직접 다 짓냐? 그럼 화장실 물이 안 내려가면 건축가한테 전화해야겠네?”

둘의 티격태격 논쟁을 지켜보는 건 무척 흥미로웠다. 매사 모범을 추구하는 지선은 소유에게만은 악착같이 따지고 들었다. 명랑한 표정으로 절대 유머를 구사하는 소유 또한 지선에게만은 신경질적으로 대했다. 그들의 논쟁을 감상하면서 난 소유가 말했던 삼총사를 생각했다. 삼총사는 우정을 정확히 3등분하지 않는다. 지선과 소유는 3분의 2의 관심을 서로에게 쏟았고 남은 3분의 1만 내게 주었다. 둘이 이총사, 나는 객원 총사인 셈이었다. 3이 아니라 2+1에 더 가까운. 바꿔 말하면 추가 증정품.

배가 몹시 고팠다. 무한 논쟁 한가운데로 썩은 도끼 한 자루를 들고 끼어들었다.

"왜 하필 한심한 예술가 따위가 되겠다는 거야? 네 집안과 머리면 초일류 변호사나 의사나 정치가도 어렵지 않잖아?"

둘의 논쟁은 즉시 종결되었다. 나는 공룡 떡볶이나 먹으러 가자고 제안했다. 지선은 10초 후의 미래를 예감한 듯 씩 웃었다. 소유는 입을 크게 벌렸다.

"어이, 달따랑. 지난번 만남에서 보여 준 아름답고 쿨한, 쿨하다 못해 꿀꿀 돼지처럼 포스트모던하게 통째로 황홀하던 태도는 다 어디로 갔나? 우주 저편 B328 은하계로 보내 버렸나? 대답 좀 해 봐, 예술의 '예' 자도 모르는 이 한심한 존재야. 지금 떡볶이가 입에 들어가겠냐?"

"미안. 갑자기 떡볶이가 생각나서. 공룡 떡볶이 맛이 갑자기 그리워져서. 지금 못 먹으면 후회할 것 같아서. 살다 보면 가끔 그럴 때 있지 않나?"

"미안 한마디로 끝날 줄 알아? 이건 보통 문제가 아니야. 대답해 봐. 네 허접하고 못생긴 눈에도 우리 훌륭한 예술가들이 그냥 굴러다니는 개똥으로 보이냐?"

"그런 건 아닌데……."

"그런 건 아닌데, 뭐?"

"그냥, 논리가 그렇잖아? 변호사나 검사나 의사나 정치가가 되려면 우선 악마 같은 경쟁자 떼거리부터 물리쳐야 하지. 머리도 있어야 하고, 집안의 후원과 연줄도 필요하고. 그런데 넌 다 갖췄잖아? 예술을 사랑하는 너의 지극한 마음, 웜홀을 사랑하고 존경하는 너의 뜨거운 마음은 나도 충분히 알겠어. 하지만 변호사나 의원 같은 폼이 쫙쫙 나는 명함을 단 후에 차고 넘치는 남는 시간 동안 예술 활동을 마음껏 즐기면 되는 거 아냐?"

"쿨쿨한 놈인 줄 알았더니 한심 두심 세심 변심한 체제 순응자로군. 예술가의 기본 태도는 반항과 저항이야. 변호사나 국회 의원을 하다가 시간이 남으면 예술 활동을 하라고? 연합 정부랑 짝짜꿍하면서? 그게 취미 생활이지 무슨 예술이냐? 넌 언더그라운드 예술가들에 대한 지식은 아예 없냐? 가난과 고난에도 흔들리지 않고 분투하는 전사들에 대한 존경심도 없냐? 심지어 그들 중 절반은 브로글이야. 인구 비율로 보면 놀라운 수준이지. 우리 별따랑은 예술보다 배고픔을 더 중시하는 이 어리석고 근시안적인 미결정 존재의 발언을 어떻게 생각하나?”

“말이야 맞는 말이지. 일단 사이비를 제외하더라도 냉정하게 평가해서 이 시대의 예술가를 직업인이라고 말하기는 어려워. 최소한 그 일을 통해 생계는 유지할 수 있어야 직업이라고 할 수 있지 않겠어? 네가 말한 언더그라운드 예술가들이 좋은 예지. 그들이 어떻게 사는지 너도 들어 봤지? 철거 중인 아파트에 몰래 들어가 살고 연합 시장의 음식 쓰레기통을 훔쳐서 연명한다는 며칠 전 기사가 기억나. 실제로 예술 활동을 하는 이들은 무리 중 반의 반도 안 될 거야. 결론적으로 말하면 예술 활동이라는 그럴듯한 핑계를 뒤집어쓰고 인간이라고 보기도 어려울 정도의 삶을 그저 연명하는 것뿐이지. 선한 포기자가 제일 많이 나오는 그룹이기도 하고. 예술사구라는 말은 너도 알 테고.”

“다들 49세에 죽으니 사구. 사는 게 모래 무덤이니 사구. 혹은 호구 대신 사구.”

“보수 연합 정부의 지붕 밑에서 안나 워홀은 절대 탄생할 수 없어. 자본과 시스템이 인간보다 압도적으로 우위인 시대에서 예술? 피땀 흘려 만드는, 돈보다 중요한 그 무엇? 그건 지나간 시대의 신화야. 그리스 로마 신화나 똑같지. 흥미롭지만 현실적 의미는 전혀 없어. 그저 가진 자의 여흥일 뿐. 너도 그건 잘 알잖아?”

지선은 깜짝 놀랄 만큼 열변을 토했다. 말은 옳았다. 예술가는 직업인이 아니었다. 더 붙이고 말고 할 것도 없는 간단한 진리. 소유는 승복할 생각이 없었다. 반격을 위해 머리를 굴리는 소리가 옆에서도 들렸다. 특이하고 매력적인 존재. 소유를 좋아하는 마음이 샘처럼 솟았고 동정심도 생겼다. 하지만 공은 공, 사는 사. 배고파 죽을 것 같은 내 현실에 전혀 도움이 되지 않는 지루한 논쟁은 어떻게든 끝내야 했다. 게다가 난 토론은 질색이다. 씩씩대는 소유에게 우리 집안 비장의 무기를 사용했다.

"내 엄마의 사례야. 법률학교 졸업하고 변호사 활동 잘하다가 갑자기 때려치웠어. 그림을 그리면서 어렵게 살다가 선한 포기자로 삶을 마감했지. 예술, 사구의 완벽한 사례. 돈 대신 그림을 선택한 예술가를 찬양한 이디스 몸[+]의 소설은 뻔뻔한 거짓이라는 증거. 결론도 완벽해. 엄마는 49세에 죽어 모래 무덤에 묻혔지. 비유가 아니라 진짜 모래 무덤, 타고 남은 재는 유레카 사막에 뿌렸으니까. 참 심플하지? 쿨하지? 어때, 그래도 예술가 할래?"

내 예상은 적중했다. 예술가와 선한 포기자를 연결하고 엄마라는 가까운 사람을 끼워 놓은 완벽한 세팅. 둘은 잠깐 아무 말도 하지 못했다. 부유하고 우아한 환경에서 자란 둘은 선한 포기자를 직접 본 적도 없을 터였다. 물론 내가 엄마에 대해 전기적 사실 한두 가지 말고는 전혀 아는 게 없다는 사실도 모를 테고. 잘

+ 우리 세계에서는 서머싯 몸이라 부른다. 작가. 『달과 6펜스』 등의 작품이 있다.

난 체하는 태도와는 달리 소유는 언더그라운드 예술가조차 실제로 본 적은 없을 것이다. 가난한 유레카엔 히나와 브로글이 함께 섞인 언더그라운드 예술가 집단들이 도시 외곽 곳곳에 있었다. 니르바타에서 언더그라운드 찾기란 하늘의 별 따기였다.

둘의 침묵은 오래가지 않았다. 지선은 예의 바른 미결정 존재답게 내 기분이 상하지 않았는지부터 물었다. 소유는 갑자기 팔 굽혀 펴기를 스무 번, 빠른 속도로 하고 일어났다. 주먹으로 자기 머리를 툭 치더니 펀치 한 방을 날렸다.

“그런데 달따랑은 이디스 몸을 어떻게 아나?”

“아, 그거…… 우리 아빠가 엄마 얘기할 때마다 빼놓지 않고 등장하기 때문이지. 잔소리의 부산물이라고나 할까? 백만 열두 번 들으니까 드디어 외워지더라.”

소유는 새로운 질문을 던졌다.

“우리 달따랑은 브로글이 되면 뭐가 되고 싶나? 역시 티오피인가?”

나는 재빨리 고개를 끄덕였다. 공을 지선에게 넘겼다.

“별따랑 너는 계획이 뭐야?”

“우선은…… 법률학교에 진학하려고. 평범하지, 뭐.”

별스러운 질문도 아니었고 이상한 대답도 아니었다. 그런데 지선의 얼굴이 잔뜩 붉어졌다. 소유가 즉각 대변인으로 나섰다.

“우리 별따랑 진로야 날 때부터 정해져 있었지. 달따랑, 무거운 돌멩이 머리를 들어 하늘을 봐. 우리 머리 위에서 가장 환히 빛나는 저 별의 이름이 뭔지 아냐?"

"북극성?"

"노, 노! 바로 지선 별이지. 우리와는 질적으로 다른 미래를 보여 주는 우주적이며 물질적인 증거. 법률학교를 우수한 성적으로 졸업하고 검사나 변호사를 경력 관리와 인맥 확보 차원에서 몇 년 가볍게 해 처드시다가 자기 엄마 회사를 물려받는 절차를 밟을 테니까. 물론 아쉽게도 퍼스트, 세컨드 등등에게서 태어난 다른 자식들이 있으니 다는 아니라 일부겠지만 지선 엄마의 천문학적인 자산 규모를 생각하면 일부 중의 일부로도 평생 먹고살기엔 지장이 없지. 게다가 지선 엄마가 별따랑의 사업가적 재능을 몹시 아낀다는 비밀 정보도 입수했으니 결말은 더 좋을 수도 있고. 달따랑, 대략 뭔 소린지 접수했지?"

"거기까지."

얼굴이 붉어진 지선이 우아하고 긴 검지로 소유의 입을 막았다. 소유는 지선의 검지를 힘들이지 않고 떼어 냈다.

"내가 없는 말 했나? 그냥 너의 환경을 말했을 뿐인데. 도대체 부끄러울 건 뭐야? 왜? 네 앞 순위의 자식들이 너무 많아서? 뭐, 그 정도는 견뎌야지. 다들 그렇잖아?"

"부끄러워서가 아니야."

소유는 지선의 대답을 아예 무시했다. 가방을 들어 올리는 마임을 연습하며 지나가듯 말했다.

“이 나라가 마구 부려 먹기에 딱 좋은 훌륭한 브로글 티오피 일꾼으로 자랄 우리 달따랑, 탐구할 만한 가치가 있는 과제 하나를 내주지. 우리 별따랑에게도 숨기고 싶어 하는 아킬레스건이 있어. 그런데 아킬레스건이 뭔지는 아니?”

나는 못 들은 척 재빨리 주제를 바꾸었다.

“별따랑, 그런데 손목의 상처는 뭐야? 저번부터 묻고 싶었는데 혹시 자살하려고 했어?”

“워, 워, 워.”

소유가 격투기 심판처럼 내 앞을 가로막고 섰다. 소유는 지선을 흘낏 본 후 말했다.

“돌탱이 수준으로 무식한 건 아니네. 적어도 아킬레스건이 뭔지는 확실히 아는군.”

4장

Red Stage

분류학자가 되고 싶다면 미카엘라 보르헤스[+]를 반드시 읽어야 한다. 보르헤스는 동물을 '황제에 속하는 동물, 향료로 처리하여 방부 보존된 동물, 사육 동물, 주인 없는 개' 등으로 분류했다. 혀를 저절로 내두르게 만드는 천재의 솜씨다. 보르헤스 머릿속에서 만들어진 독창적인 분류 체계는 아니다. 고대 중국의 백과사전이 제공한 아이디어를 보르헤스가 멋지게 변형한 것뿐.

보르헤스는 상상 동물을 기술한 자신의 책에 '햄릿 왕자, 점, 선, 면, 관처럼 생긴 것…… 우리들 한 사람 한 사람과 신'이라는

+ 우리 세계에서는 호르헤 루이스 보르헤스라 부른다. 작가. 대표작은 『픽션들』이다.

이름을 붙일 생각이라고 아무렇지도 않게 고백한 적도 있으니 분류계의 어머니로 추앙받을 만한 완벽한 자격을 갖췄다. 보르헤스에게 충격과 감화를 받은 나는 변호사 분류를 시도해 보았다.

변호사의 세계에 카스트 제도에 버금가는 견고한 등급이 있다는 건 잘 알려진 사실이다. 연결 전문 변호사, 기업 변호사, 세무 변호사가 변호사 업계의 빅 스리다. 그 아래로는 (보르헤스의 술 적은 머리를 아주 살짝만 끌어온다.) 동물 전문 변호사와 국선 변호사와 파산 직전의 변호사 등이 있으며 어둡고 침침한 지하 5층에는 브로글 변호사가 있다.

똑똑한 히나라도 변호사 자격증을 따는 일은 쉽지 않다. 법률학교 입학이라는 난관을 뚫으면 이야기는 달라진다. 중간 이상 성적만 유지한 채 졸업하면 자격증은 자동 발급이다. 면접도 따로 없다. 간단, 간단, 초간단이다.

브로글의 경우는 다르다. 법률학교 입학이 법으로 금지되어 있으니 독학으로 국가 변호사 시험을 통과해야 한다. 경쟁자는 법률학교에서 자격증을 따지 못한 히나들이다. 공정하리라는 기대는 처음부터 접는 게 좋다. 평가 위원들은 한 명의 예외도 없이 모두 다 법률학교 현직 교수인 히나들이니까. 그렇기에 한 해에 변호사 자격증을 따는 브로글은 나라 전체를 통틀어 다섯 명도 되지 않는다. 하늘에서 유에프오를 발견할 확률이 차라리 더 높다는 자조적인 농담이 브로글 변호사들 사이에 떠돌아다닌다는 것을 알려 주고 싶다. 출처는 비밀이다.

어렵게 변호사가 되었다고 광명이 찾아오는 것도 아니다. 브로글 변호사는 빅 스리와 기타 등등, 그 아래 기타 등등, 또 기타 등등의 변호사가 거들떠보지 않는 사건만을 취급한다. 모두가 짐작하듯 가난하고 별 볼 일 없는 브로글들의 사건이 주를 이룬다. 수임료를 받기 어려운 경우도 허다하다. 1년 수입은 10년 차 팩토리 노동자의 두 배 정도로 알려져 있다. 평범한 브로글 변호사의 경우가 그렇다는 것이다. 우리 아빠는…… 변호사인 우리 아빠의 상황을 정리하면 다음과 같다.

아빠는 3년 차 변호사다.
변호사 사무소에서 일한다.
실제로 하는 일은 자료 조사원 업무다.
변호사 자격증이 온전하지 못하기 때문이다.
그러므로 아빠는 평범한 브로글 변호사가 아니다.
실은 그 이하다.

변호사가 되기 전 아빠는 4년 넘게 편의점에서 야간 아르바이트를 했다. 형설지공도 울고 갈 노력(합격 후 아빠가 한 말을 한 자도 바꾸지 않고 그대로 옮긴 것이다. 사전을 찾아보고서야 의미를 알았다, 젠장.)을 기울인 끝에 변호사가 되었다. 평가 위원들은 마지막 순위로 아빠를 뽑았다. 묘한 딱지도 한 장 붙였다. 변호사 자격 보류. 변호사는 변호사이되, 따로 허락이 떨어지기 전까지는 변호사로 활동할 수 없다는 뜻이다. 4, 5년 걸러 한 장씩 부여된다는 이 전설의 딱지를 받은 이유는 시드니 때문이라고, 아빠는 내게 말했다.

오, 시드니. 불쌍한 시드니. 육체를 지닌 존재로서의 시드니는 오래전에 죽었다. 그러나 시드니의 유령은 영혼의 고향으로 돌아가지 않고 우리 집 거실을 배회하며 지금도 여전히 아빠의 발목을 잡고 있다.

시드니 이야기는 차차 하도록 하겠다. 우선은 하나만 기억하기를 바란다. 아빠는 내게 사실을 전부 말하지 않았다. 아빠에게 욕을 먹으며 영생하는 시드니는 변호사였다. 시드니의 친구 피비 역시 변호사였다. 두 사람을 처음 만났을 때 아빠는 팩토리에서 세탁기를 조립하는 팩토리 노동자였다…….

가방 정리를 마친 (피비가 한 실제 행동에 비하면 개천 얼음을 빙하로 부르는 격이다.) 피비는 배가 고프다고 말했다. 우리는 중국 요리를 시켜 먹었다. 자신 몫의 짜장면을 재빨리 먹어 치운 피비는 내가 남긴 우동 국물이며 서비스로 따라온 군만두까지 깨끗이 처리했다. 체격과 처한 상황을 고려하면 엄청난 식욕이었다.

사실 난 별로 밥 생각이 없었다. 미리 말했더라면 우동을 더 많이 남겼을 것이다. 피비는 인스턴트커피에 설탕 다섯 숟가락을 추가해 입가심을 했다. 옆에 있던 내게까지 단내가 났다. 다행히 당뇨는 없나 보다. 피비는 하품을 서너 차례 늘어지게 했다. 알 수 없는 타령 같은 노래를 흥얼거리며 이를 닦고 서재로 들어갔다. 나지막이 코 고는 소리가 들렸다. 9시도 되기 전이었다. 어이가 없어서 아빠에게 말했다.

"악한 도망자치곤 참 여유롭네. 잘 먹고, 잘 자고."

"옛날부터 그랬어. 정치 경찰이 습격했던 위태로운 상황에도 혼자 여유로웠지. 속내는 좀 달랐겠지만."

"어딘가 특이한 사람이네. 나사가 풀린 것 같기도 하고."

"엄청 특이하지. 무책임한 사람은 아니야, 절대."

"절대?"

"우선은 네 문제부터. 가출은 도대체 왜 한 거니? 내가 널 압박이라도 했니? 정확한 이유를 설명해 봐."

아빠는 아빠였다. 악한 도망자 피비가 불러온 한바탕 광풍에도 불구하고 아빠는 내 문제 행동을 잊지 않았다. 조금은 억울했다. 범죄도 아닌데, 그저 가출일 뿐인데. 결국엔 한 시간짜리 산책으로 마무리되고 말았는데.

주의 사항, 아빠에게 쓸데없는 말을 하는 건 금물이다. 요령을 부리다간 전에 저지른 죄까지 다 불게 된다. 아빠의 질문을 들은 순간 정성껏 대답해야겠다고 다짐한 이유다. 다짐은 다짐, 막상 할 말은 별로 없었다. 반항? 아니었다. 륙색을 메고 집을 나설 때만

해도 확고했던 마음이 어느새 완전히 사라져 버렸기 때문이다. 남은 건 미묘한 나른함과 의외의 포만감. "왜 했을까?"라는 바보 같은 말을 내뱉은 건 진심이었다.

진심이 항상 통하는 건 아니다. 아빠의 눈초리는 더욱 날카로워졌다. 앞뒤 좌우 완벽한 논리적인 문장으로 이유를 설명하지 않고는 빠져나갈 방법이 없다는 뜻이다. 시간을 벌고 상대의 의중도 파악하기 위해서 잽을 날렸다.

"아빠도 가출했다면서? 나보다 어린 열세 살에."

"공동 양육소에서 나온 걸 가출이라고 할 수는 없지. 공동 양육소는 다 허접하지만, 내가 있던 곳은 그중에서도 최악이었어. 면허가 박탈되어 지금은 사라지고 없는 게 그 증거. 탈출은 생존하기 위한 유일한 방법이었고."

"그래도 법을 위반한 거잖아. 먼저 신고부터 하고……."

"논점 회피 전략은 그만둬라. 내게는 안 통한다. 자꾸 딴소리하지 말고 정확한 이유를 말해 보라니까. 네가 여러 카드 중 굳이 가출이라는 안 뽑아도 되는 카드를 무리하게 택한 이유 말이다."

잽은 대실패다. 팔 한 번 뻗었을 뿐인데 가드 위로 강펀치가 마구 날아온다. 일석이조는커녕 일벌백계에 가깝다. 예상한 결과이긴 했다. 당하고 보니 감정이 격해졌다. 가슴이 뜨거워졌다. 나는 소설을 지어냈다.

"늙어 버린 것 같아서…… 집으로 들어와서 현관에 걸린 거울을 보는데 갑자기 내가 확 늙어 버린 느낌이 들었어. 아직 열다섯 살도 안 되었는데 한심한 마흔아홉 살로 변해 버린 기분. 무기력하니까…… 미래도 없으니까……."

때맞춰 눈물 한 방울이 또르르 흘렀다. 아빠의 유일한 약점은 눈물이었다. 오늘은 아니었다. 아빠는 내 등짝을 손바닥으로 후려치면서 말했다.

"지랄하네. 대가리에 총이라도 맞았니? 네가 히나가 못 되는 건 능력이 부족해서가 아니라고 몇 번을 말했니? 울고 한숨 쉴 시간이 있으면 앞으로 뭘 할지를 생각해. 이 불공정한 사회에서 브로글으로서의 온전한 너 자신을 만들어 가는 일에 전력을 바쳐. 브로글이 된다고 네 인생이 끝장나는 건 아니야. 뭔가 해 보기라도 하고 그다음에 좌절하도록 해. 좌절부터 하는 건 순서의 오류. 울 날은 많고도 많다. 알았니?"

"자식한테 대가리, 지랄이 뭐야?"

아빠는 못 들은 척 자기 할 말만 했다.

"시답잖은 감상 때문이었구나. 난 또 무슨 대단한 이유라도 있는 줄 알았네."

"대단한 이유가 있으면 가출해도 되나?"

"날 설득할 이유라면 언제든지 환영."

"알았어, 다음엔 멋진 계획서를 제출할게."

"당연히 그래야지. 될성부른 잎이다 싶으면 자금 지원을 해 줄

용의도 있음. 팍팍은 어렵지만 찔끔보다는 두툼하게."

신속하게 첫 번째 안건을 처리한 아빠는 두 번째이자 가장 중요한 안건으로 넘어갔다. 아빠답게 이번에도 에두르지 않고 직설적으로.

"피비를 어떻게 처분했으면 좋겠니?"

"처분?"

"그래, 처분."

"어떻게라니? 어떤 방법들이 있는데?"

"1순위는 당장 신고하는 것. 위험을 감수할 필요도 없고 상당한 보상금도 받을 수 있지."

"진심이야?"

아빠는 이번에도 내 대답은 무시하고 다음으로 넘어갔다.

"2순위는 일단 보류하는 것. 3순위는 숨겨 주고 도피처를 제공하는 것. 순위가 낮아질수록 우리가 감수해야 할 위험과 비용은 눈덩이처럼 불어나지. 자, 이제 결정의 시간. 너는 어떤 방법이 마음에 드니? 합의로 할까, 표결로 할까?"

Blue Stage

학교에서 일어난 에피소드 하나. 교문을 나서자마자 세 명의 미결정 존재가 내 뒤를 밟았다. 눈을 감고 귀를 막아도 저절로 알게 되는 정보가 있다. 그들은 교실 내 최하위 그룹, 브로글이 될 가능성이 가장 큰 그룹에 속한 존재들이었다. 날 추적하는 이유는 하품 나올 정도로 오래 보유했던 교실 최고 꼴통 벨트를 넘겨주기 위함일 터. 일부러 통행이 적은 길을 골라서 갔다. 잘난 학생들의 시선을 두려워하는 그들을 위한 세심한 배려다. 그린 41 숲 입구라는 낡은 푯말이 꽂힌 길이 보였다. 마침내 그들이 나를 불러 세웠다. 돌아서서 그들을 똑바로 보며 물었다.

"돈이라도 뺏으려고? 그냥 지갑 줄까?"

예상대로였다. 그들이 더 당황했다. 잠시 고개를 모으고 쑥덕거렸다. 키가 가장 큰 미결정 존재가 말했다.

"너 같은 유레카 거지 지갑에는 관심 없다. 우린 말이지, 널 두들겨 팰 거야."

"왜?"

"밥맛 없으니까."

"내가?"

내 반문이 그들을 자극했던 것 같다. 저열한 욕이 기다렸다는 듯 주르르 튀어나와 줄을 섰다.

"재수 없어."

"엄마도 없는 한심한 것."

"팩토리에서 평생 썩어라."

"특수 시설 노동자나 돼라."

"더러운 유레카로 돌아가 버려."

나는 낄낄 웃은 후 말했다.

"그거, 니들 얼굴에 침 뱉기인 건 알고 있지?"

그들이 더 참지 못하고 달려들었다. 나는 두 팔로 얼굴을 방어했다. 보존 가치가 높지 않은 얼굴을 보호하는 이유는 하나, 상처라도 생겼다간 아빠의 질문 공세에 시달려야 하기 때문이다. 주먹과 발길질은 내 예상보다는 매서웠다. 최하위 그룹답게 지속력은 현저히 떨어졌다. 스킬 점수 70, 체력 점수 20. 쯧쯧, 아쉽게도 불합격입니다. 그들의 성의를 생각해 바닥에 쓰러지는 척했다. 뛰어난 연기력

덕분이었을까, 공격이 멈췄다. 한 명이 숨을 헐떡대며 외쳤다.

"쥐 죽은 듯이 살아라. 꼼짝도 하지 말라고."

기왕 시작한 놀이, 그들의 기를 한껏 살려 주고 싶었다. 비틀거리며 천천히 일어났다. 그런데 한 가지 받아들일 수 없는 것이 있었다. 옷을 털며 물었다.

"궁금해서 하는 말인데, 죽은 쥐처럼 사는 방법이 도대체 어떤 거냐? 죽은 쥐가 살고 있으면 그건 뭐 놀라운 부활 아니냐?"

"저게."

한 명이 다시 덤벼들 자세를 취했다. 나는 돌멩이를 집어 들고 외쳤다.

"그래, 어서 와라. 못난 것들아, 끝까지 붙어 보자. 어차피 비전 없는 인생, 죽을 때까지 한번 해 보자, 응?"

그들은 눈빛으로 미니 회의를 열었다. 키가 가장 큰 미결정 존재가 결과를 통보했다.

"너 같은 것도 자식이라고 둔 네 아빠가 불쌍해서 오늘은 그냥 간다. 앞으로 조심해라. 쥐, 죽은…… 그냥 입 다물고 조용히 살아라."

"그러지 뭐. 네놈들과 냉장고 팩토리에서 다시 만날 그날을 고대하며 조용, 조용히 살지 뭐. 냉장고 문짝 달면서 잡담 나눌 시간은 앞으로 많고도 많을 테니. 사일런트 나이트 호올리 싯 나이트……."

"입만 살아서."

그들은 동시에 달려들려는 포즈를 취했고, 나는 돌멩이를 높이 드는 포즈로 받았다. 키가 가장 큰 미결정 존재가 침을 퉤 뱉으며 말했다.

"가자, 더러운 냄새 밸까 무섭다."

돌아서는 그들을 무심히 바라보려 노력했다. 실패했다. 문득 화가 솟구쳐서 등에 대고 외쳤다.

"더러운 유레카 아이들도 너희보다는 백 배, 천 배 훌륭해. 같은 처지의 미결정 존재들끼리 치고받지는 않는다고."

셋은 약속이라도 한 듯 중지를 들어 화답했다. 수중 발레단처럼 호흡이 척척 맞았다. 그들도 역시 삼총사는 삼총사였던 것.

그들이 보이지 않게 된 순간 돌멩이를 던졌다. 내가 뱉은 말을 후회했다. 왜 나는 끝까지 쿨하지 못한 걸까? 나는 내 감정을 이기지 못했다. 상처받은 척했다. 천진하고 순수한 미결정 존재라도 되는 것처럼. 천진하지도 순수하지도 않으면서. 그저 잠깐만, 조금만 더 참았으면 그만이었는데. 무엇보다도 내가 한 말은 사실이 아니었다. 유레카라, 더하면 더했지 결코 덜하지는 않았다. 차가운 얼음 지옥 아래에는 펄펄 끓는 화염지옥이 기다리는 법이다.

에피소드 둘. 조례를 마친 담임이 손바닥과 손가락을 최소로 사용해 나를 불렀다. 자리에 앉아 고개만 들었다. 담임의 얼굴색이 변했다. 개처럼 쪼르르 달려가 담임 앞에 섰다. 담임은 눈을 비볐다. 흰 봉투를 건넸다. 교실 밖으로 나갔다. 전학 기념 선물일까? 봉투 안에는 종이 한 장뿐이었다. 권유문이라는 두툼한 제목 아래 내 정식 이름이 적혔고, 본문은 다음과 같았다.

귀 학생에게 조기 성별 결정 기회가 있다는 사실을 알려 드립니다. 조기에 성별을 결정한 경우, 장학금 혜택과 조기 결정 축하비를 드립니다. 더 자세한 사항은 배치 담당부에 문의해 주시기 바랍니다.

나는 권유문을 박박 찢은 후 쓰레기통에 버렸다.

5장

Red Stage

피비와 나는 아침 일찍 집에서 나왔다. 전날 만났던 산길을 천천히 걸어 올라갔다. 산은 텅 비었다. 사람 그림자도 없었다. 피비가 해설을 붙였다.

“우리가 보는 산은 지금 꽉 차 있다.”

질문하길 바라는 얼굴이었다. 조용한 산이 제법 마음에 들었기에 입도 뻥긋하고 싶지 않았다. 마지못해 물었다.

“무슨 뜻인가요?”

피비가 기분 좋은 얼굴로 대답했다. 새는 지저귀거나 날고, 나뭇가지는 바람의 도움을 받아 쉴 새 없이 잎을 떨어뜨리고, 고라니와 늑대와 어린 양이 손을 잡고 함께 왈츠를 추며, 길고양이 한 쌍은 바위 위에 앉아 세상 모든 풍경을 지켜보고 있다고 했다. 피비는 마침표까지 확실히 쿡 찍었다.

“비유하자면 그렇다는 말이다.”

뭘 원하는 건지. 나는 아무 말도 하지 않았다. 피비가 콧노래를 흥얼거렸다. 어제도 이를 닦으며 흥얼거렸던 노래. 편의상 노래라고 쓰기는 했다. 한숨을 음표로 잇고 괴성을 엇박자로 첨가한 엉망진창 타령이었다. 리듬감, 박자감 모두 제로. 피비는 내 표정을 단단히 오해했다. 무슨 노래인지 알고 싶냐고 물었다. 나는 전혀 아니라고 대답했다. 피비는 내가 접해 보지 못했던 새로운 유형이었다. 피비에게 한마디 하고 싶은 걸 참느라 정말 힘이 들었다.

피비와 나는 느릿느릿 걸었다. 해발 200미터도 되지 않는 완만한 언덕 수준의 정상 정복에 평소의 두 배인 한 시간이 걸린 이유였다. 정상은 정상이었다. 이베리아 붉은 전나무 숲은 생기에 넘쳤고, 바람도 기분 좋게 서늘했다. 엷은 안개 틈으로 고르곤 시가가 희미하게 보였다. 피비만 아니었다면 내가 지금 있었을지도 모르는 장소. 그래서, 하고 물으면 할 말은 없다. 그냥, 그렇다는 것이다. 고르곤에 대해 진지하게 생각해 본 적은 단 한 번도 없으니까. 고르곤에 가지 않은 건 어쩌면 잘된 일일 수도 있었다. 아빠 말대로 내겐 계획이 없었다. 큰 계획은 물론 작은 계획도.

피비는 100만 년 전부터 나무 그늘에 버려진, 폐허의 기운을 진하게 풍기는 길고 낡은 의자에 앉았다. 생명을 다한 누런 전나무 잎들로 가득한 의자에 그대로 엉덩이를 가져갔다. (게으른 건가,

무심한 건가? 둘 다인 건가?)

피비는 전나무 사이로 비치는 풍경을 잠깐 감상했다. 곧바로 이게 아니라는 듯 고개를 세게 저었다. 들고 왔던 책을 요란하게 펼쳤다. 피비의 책 두 권 중 한 권. 기억하기로는 다른 책보다 판형이 조금 작고 두 배 가까이 두꺼웠던. 피비는 빠르게 몰입했다. 표정은 진지했다. 독서는 금방 끝날 것 같지 않았다. 달리 할 일이 없어서 하늘을 보았다. 구름이 보통 때보다 빠르게 흘러갔다. 잠깐은 좋았다. 계속 보고 있으니 눈이 아팠고, 지겨워졌고, 한심해졌다. 그래서 피비에게 힐난을 듬뿍, 아끼지 않고 듬뿍듬뿍 바가지에 담아 쏟아부었다.

“너무 여유로운 거 아니에요? 놀이공원에 온 것도 아니고.”

피비는 대답하지 않았다. 책에 빠진 피비는 내가 있다는 사실조차 잊었다. 한자 성어로 뭐라고 하더라…… 조금 짜증이 났다. 변호사였다고 했나? 공부를 잘하는 인간들의 밉살스러운 특성. 이웃집 웃음소리에도 귀를 쫑긋하는 청력 좋고 산만한 나로서는 시늉도 하기 어려운. 목소리를 한 단계 높였다.

“너무 여유 부리는 거 아니냐고요.”

피비의 행동엔 변화가 없었다. 포기다. 아침부터 이게 웬 실없는 짓인가 싶어 깊은 한숨을 쉬었다. 킥킥, 소리가 났다. 피비가 나를 보며 웃고 있었다. 장난이라는 걸 비로소 깨달았다. 아, 이 사람 정말. 피비가 물었다.

"무인도에 책을 두 권 가져간다면?"

나는 전나무 잎을 꼼꼼하게 치우고 의자에 앉았다. 피비를 보았다. 눈에 힘을 주고 노려보았다. 피비는 뻔뻔한 인간은 못 되었다. 불안과 분노가 섞인 내 표정을 읽고는 곧장 책을 덮었다. 그제야 잎에 신경이 쓰이는 모양이었다. 엉덩이를 살짝 들어 손으로 잎을 쓱쓱 치운 뒤, 어쩐지 좀 따갑더라 말하고는, 다시 앉으며 말했다.

"여유 부리는 거 맞아. 지금이 가장 여유로운 때니까."

무슨 뜻인지 감이 오지 않았다. 모를 때는 침묵이 최고, 적어도 중간은 간다. 그래서 아무런 말도 하지 않았다. 피비의 설명이 이어졌다.

"악한 도망자는 영광스럽게도 경찰청장 직속 정치 경찰국 담당이지. 정치 경찰이 포획에 나서는 건 보통 일주일 후부터다. 오늘이 4일째니 오늘을 포함해 앞으로 나흘은 안심이라는 뜻이다. 일종의 태풍의 눈, 망중한이라고나 할까?"

"법으로 정해진 건 아니잖아요? 유난히 성실한, 승진에 목숨을 건 정치 경찰이 담당자일 수도 있으니 검거의 위험은 여전히 존재하는 거고요."

"그럴 수 있지. 네 말대로 관행일 뿐이니 만약을 대비해서 몇 가지 조처는 취해 놨다. 감각이 좀 무뎌지긴 했어도 나름 꽤 정통한 분야거든. 장담한다. 내가 있는 곳을 알아내는 건 아무리 빨라도 열흘 후일 거다. 그리고 검거가 아니라 포획이다. 실제로 그들이 문서에 쓰는 전문 용어지."

충실한 설명이었다. 피비답지 않게 충실해서 더 믿음이 가지 않았다. '피비답게'라니 우스운 말이다. 이렇다 저렇다 판단을 내리기엔 피비에 대해 아는 게 없었다. 어딘가 종잡을 수 없는 사차원 성향의 소유자라는 것 말고는. 그래서 물었다.

"혹시 아빠를 좋아했어요?"

피비의 몸이 움찔했다. 곧바로 답이 나오지 않았다. 하지만 분명 뭔가 있었다. 그래서 또 물었다.

"오래간만에 아빠를 다시 본 느낌이 어땠어요? 나이를 앞서가는 지독한 주름살과 튼튼하고 두툼한 허릿살만 보이던가요?"

피비는 다람쥐처럼 킥킥 웃었다. 의자 밑에서 조그마한 돌을 하나 집어서 던졌다. 돌은 멀리 날아가지 않았다. 피비는 돌 하나를 더 집어 손으로 만지작거리며 말했다.

"처음엔 놀랐다. 네 아빠는 시드니가 죽은 후 너를 데리고 떠났지. 중간에 전화 연락만 몇 번 했으니, 십여 년 만의 재회였다. 네 말대로 세월의 흔적이 제일 먼저 눈에 들어왔다. 그래, 주름살과 허릿살도 그 일부분이었고. 세월의 힘을 이겨 내지는 못했구나 싶어 안쓰러웠고 약간은 실망도 했다. 전과 다름없는 모습이기를 기대한 건 아니다. 그저, 네 아빠라면 평범한 이들이 늙는 모습과는 다를 거라고 줄곧 생각해 왔으니까. 나는 늙고 쇠약해지고 어리석어져도 네 아빠는 그렇지 않을 거라고 믿어 왔으니까. 그런데 시간이 지나 대화를 나누고 식사하는 동안 조금씩 변하더니 마침내 원래의 모습이 나타났다. 그 뒤로 내게 네 아빠는 전과 똑같았다. 그래서 깨달았지. 달라진 건 전혀 없구나. 원래 모습 그대로구나. 기쁘구나, 좋구나. 할렐루야. 마치 헤어진 다음 날 다시 마주 앉은 것처럼."

"눈에 뭐가 씌었네요. 아무래도 아빠를 너무 많이 좋아했나 보네요."

피비는 대답하지 않았다. 미결정 존재처럼 맑게 웃었다. 만지작거리던 돌을 드디어 던졌다. 비거리가 만족스러웠나 보다. 편안한 표정으로 질문을 던졌다.

"학교는 아예 안 가는 거니?"

"매일 가지는 않아요."

"학생이라면 마땅히 그래야지."

"그런가요?"

"그렇고 말고. 가는 날은 언제냐?"

"아침에 일어나면 주사위를 던져요. 1, 3, 5가 나오면 가고, 2, 4, 6이 나오면 집에 있어요."

"2, 4, 6만 있는 특수 주사위인가?"

"더 간단한 방법이 있어요. 사고의 전환 기법."

"설명해 봐."

"1, 3, 5가 나오면 아, 집에 있는 쪽이었지 믿어 버리는 거죠."

"상당한 내공이 필요해 보이는구나."

"힘든 일이지만 노력하면 된답니다. 저라면 『성경』과 『논어』를 가져가겠어요."

피비는 4, 5초가 지난 후에야 "아, 무인도." 하며 고개를 끄덕였다.

"이유는?"

"일단 두껍잖아요. 순서 따지지 않고 아무 데나 펼쳐서 읽을 수 있는 편리한 책들이기도 하고요. 더 좋은 건 끝까지 읽어 본 적이 없다는 점이고요. 아줌마는요? 륙색에 넣어 온 두 권의 책이 무인도용인가요?"

"일단은 그런 셈이지."

내 궁금증을 포착한 피비는 가져온 책의 첫 장을 펼쳐서 보여 주었다. 조선 유학자 이희[+]의 『성학십도』였다. 정확히 말하면 『성학십도』를 번역하고 해설한 책이었다. 속으로 한숨을 쉬었다.

"아, 저도 수업 시간에 들어는 봤어요. 지루한 게 참 좋더라고요."

"읽어 봤니?"

"그럴 리가요. 이희도, 조선도, 유학도 질색입니다. 이 세상 고리타분한 건 모두 다."

"생각만큼 지루하지는 않단다. 꼼꼼히 읽으면 맛도 제법 근사하지. 너의 세 가지 조건에도 어느 정도는 부합하고. 게다가 이희

+ 우리 세계에서는 이황이라 부른다.

는 마음이 무척 따뜻한 사람이야."

"믿기 어려운데요?"

"믿어 보렴."

"저는 의심이 많은 음흉한 성격이에요. 야구 방망이를 왜 들고 다녔겠어요?"

피비는 웃었다. 그리고 책을 펼쳤다. 소리 내 읽기 시작했다.

하늘을 어머니, 땅을 아버지라 부른다. 나는 여기 조그마한 몸으로, 그 가운데 존재한다. 내 몸과 정신은 천지의 일부다. 이 땅의 백성들은 내 동포이며, 살아 있는 것들은 내 친구들이다…… 부귀와 복은 내 삶을 윤택하게 해 줄 것이나, 가난하고 힘들면 또 어떤가? 어려움은 나를 단련시켜 더 나은 그릇으로 만들어 줄 것이다. 살아서는 도리, 죽어서는 평화. 다만 그것이 전부일 뿐.

'살아서는 도리, 죽어서는 평화'라니…… 거룩, 거룩해서 성 프란체스카++인 줄 알았다. 내 비천한 삶과는 천만 광년만큼의 거리가 있었다. 나는 아무 말도 하지 않았다. 피비는 책을 덮었다. 고맙게도 소감 따위를 확인하지는 않았다. 피비가 물었다.

++ 우리 세계에서는 성 프란체스코라 부른다. 성자. 부와 명성을 버리고 청빈한 삶을 살았다.

"나를 어떻게 처분할지는 결정했니?"

신나게 코를 골긴 했어도 깊게 잠들지는 못했던 모양이다. 아니면 원체 싸구려 집이라 벽이 지나치게 얇았던지. 처분이라, 어떤 결정을 내리기는 했다. 아빠와 나는 짧은 토론 후 별로 어렵지 않게 합의에 이르렀다. 표결했어도 결과는 마찬가지였을 것이다. 우리 둘이 고른 건 1순위도 3순위도 아닌 2순위, 즉 일단 보류. 의견의 차이는 존재했다. 아빠는 1순위(당장 신고)에 가까웠고 나는 3순위(도피처 제공)에 가까웠다. 아빠는 필요한 경우에는 냉정한 판단을 내리는 사람이었다. 아무튼, 결론은 일단 보류. 피비에게 말했다.

"우린 아줌마에게 큰 관심 없어요. 처음부터 끝까지 내 문제만 이야기했어요. 퉁명스러워 보여도 아빠에겐 나뿐이니까요. 아빠는 나를 정말 끔찍이 사랑해요."

말을 마치자마자 까마귀가 울었다. 피비는 무릎을 치며 킥킥 웃었다. 나는 웃지 않았다.

Blue Stage

경계 J-21 문은 지루하게, 허술하게 활짝 열려 있었다. 마법사 모자를 손에 들고 가위뛰기를 하는 소유가 보였다. 한달음에 뛰어간 나는 지선을 찾았다. 소유가 기회를 놓치지 않고 비꼬았다.

"숨겨 놓은 두더지 찾냐? 네 주변머리로는 힘들걸."

"흉물스러운 마법으로 만든 게 고작 두더지니?"

"똥 묻은 황금 덩어리는 5분 전에 다 나눠 줬지. 조금 빨리 오지 그랬어? 똥 정도는 차지할 수도 있었을 텐데."

"아쉽네."

"다음부터는 서두르도록."

"지선이는?"

"별따랑은 없어."

“그러네. 두더지도 병아리도 살모사도 없고 우리 둘뿐이네. 별따랑이 지구에서 사라졌으니 삼총사는 이제 끝?”

“머리가 나쁘고 못생기면 저절로 그렇게 어이없게 생각하게 되냐? 네 머리, 한번 열어 보고 싶다. 진지하게.”

“나도 가끔 그런 생각을 해 보곤 해. 든 게 풍선껌뿐이면 좀 웃길 거 같지만. 터지면 괜히 지저분해지잖아.”

“터져서 지저분해지는 게 겁나냐? 풍선껌만 들은 건 하나도 안 무섭니?”

“둘이 종일 같이 지내는 거 아니었어?”

“그런 초특급 공포 익스프레스스러운 발언을 웃지도 않고 뻔뻔하게 내뱉니? 걔랑 종일 있다간 진지함에 감염돼서 사망한다. 가끔은 거리를 두는 게 정신 건강에 좋지.”

“난 또 심란성 쌍둥이인 줄 알았지.”

“생일이 같으면 다 쌍둥이냐? 쌍둥이는 종일 붙어만 있냐? 아, 심란성은 또 뭐냐? 정말 머리 아프다.”

“이란성 정도는 나도 알아. 네 기분까지 조합해 창의적으로 표현한 거지.”

“그걸 지금 유머라고…… 달따랑, 너라는 아이의 수준은 정말 총체적으로 심란하구나.”

소유는 손에 들고 있던 마법사 모자를 내 머리에 푹 씌웠다. 얼굴이 다 가려져서 앞이 보이지 않았다. 흉물스러운 모자를 재빨리 벗어서 다시 소유에게 던졌다.

"오늘의 발견. 너 보기보다 머리가 정말 크구나."

"넌 머리 사이즈가 그게 뭐냐? 새 머리냐? 크낙새? 으악새? 시조새? 사자새?"

사자새라니, 받아 주면 끝이 없을 게 분명했다. 밤새워 만담할 기력이 없다면 멈추는 게 좋다. 기초학교에서 아예 묵언 수행하며 지내는 터라 소유와 주고받는 저세상 만담도 나쁘지는 않았다. 하지만 무한 반복은 생각보다는 힘이 꽤 든다.

"여기서 만날 바엔 그냥 우리 집으로 오지 그랬어? 저기 보이는 저 으리으리한 대궐."

경계 J-21 문과 우리 집 사이 거리는 100미터 미만이었다. 니르바타 중심가에서는 보기 어려운 작은 집들이 경계선 벽을 마지노선 삼아 서로를 감시하듯 다닥다닥 붙어 있었다. 우리 집은 그 작은 집들 가운데서도 크기나 위치 면에서 단연 최하위였다. 급하게 얻은 집이었고, 아빠의 자산 수준으로 감당할 수 있는 유일한 집이기도 했다. 높은 곳에 있는 집이라 창문을 열면 암벽이 보이는 것이 장점이었고, 암벽만 보이는 것이 단점이었다. 암벽을 타고 들어오는 눅눅하거나 맹렬한 산바람은 덤이었다.

"사람이 못 살 만큼 엉망진창은 아냐. 이름만 대궐이지 집은 집이거든. TV도 있고 창문도 있고 소파도 있고 매트리스도 있지. 네가 좋아하는 웜홀이 손수 제조한 차가운 오리지널 코크도 있고. 여가와 기운만 있으면 암벽 등반도 즐길 수 있고. 그러니까 결론은 진짜 대궐."

"암벽은 아꼈다가 별따랑에게 주길 바란다. 은근히 욕심이 많아서 뭐든 도전하고 싶어 하니까. 워홀의 오리지널 코크라니, 마음이 몹시 끌리는군. 하지만 지금은 때가 아냐. First thing is first thing. 우선은 할 일부터 끝내고."

"그러니까 우리 둘이서?"

"그래, 달따랑 너랑 나랑, 우리 둘이서."

"그 뭐냐, 밀당…… 밀월여행?"

"제발 부탁이니 떠오르는 대로 아무 말이나 막 하지 마라. 목구멍에 바리케이드라도 설치할까?"

소유는 중지로 내 이마를 쿡 찔렀다. 포즈를 잡고 훌쩍 뛰어 경계 J-21 문을 통과했다.

문밖 풍경은 단순했다. 높고 푸른 플라타너스를 양쪽에 거느린, 제법 운치 있는 아스팔트 길이 1킬로미터가량 이어졌다. 언덕이 끝나는 지점엔 니르바타의 지정색 아쿠아 블루로 외벽을 칠한 일명 블루 팩토리들이 모여 있었다. 안나 워홀의 팩토리가 아니라 컨베이어 벨트가 있고 용접기가 있고 상자가 있고 지게차가 있고 관리자가 있고 무엇보다 브로글 노동자들이 2교대 혹은 3교대로 일하는 진짜 블루 팩토리.

"혹시 팩토리 투어?"

소유는 뒤도 돌아보지 않고 대답했다.

"여기서 달리 갈 곳이 있니? 설마 너……."

머리를 숙여 소유의 주먹 공격을 피했다. 소유 말대로 경계 J-21 문을 통과하면 특별 시설 말고는 팩토리밖에 없었다. 그럴 수밖에. 문밖에 조성된 길은 팩토리로 출근하는 이들을 위해 만들어진 공용 통로였기 때문이다. 경계 J-21 문은 이름 그대로 경계를 위해 설치된 문이었다. 니르바타 내부와 외부의 경계, 도시와 팩토리의 경계, 히나와 브로글의 경계. 물리적인 경계가 아니라 사회적, 심리적인 경계.

이사 온 지 이 주일이 훌쩍 넘었지만, 쿨하게 살려고 나름 애썼지만, 경계 J-21 문을 통과한 적은 한 번도 없었던 이유. 유레카에서도 그랬다. 거칠 것 없이 활발하던 시기였다. 들과 산을 나비와 벌처럼 누비고 찌르고 다녔어도 경계 K-33 문을 절대 넘어서지 않았다. 나뿐만 아니라 다른 미결정 존재들도 마찬가지였다. 온갖 악행은 다 저지르면서도 경계는 철저히 지켰다. 넘어가면 인생이 끝장나기라도 할 것처럼. 브로글로 확정이라도 되는 것처럼. 결국, 브로글이 될 수밖에 없으면서도.

경계 J-21 문을 통과하는 이들 대다수는 브로글이었다. 팩토리에서 일하는 브로글 노동자들, 직업학교로 등교하는 앳된 초보 브로글들, 혹은 브로글 결정을 예감하는 굴처럼 우울한 얼굴의 미결정 존재들. 히나들도 간혹 있었다. 시선을 신경 쓰지 않는 하위직 히나 공장 관리자들도 이용했고, 일부 뻔뻔한 특별 시설 이용자들도 보란 듯이, 조롱 삼아 문을 이용했다. 소유는 그 모든 경우와 무관했다. 그렇다면?

소유는 나를 위해 왔다. 브로글이 될 나를 위해! 혼자서는 절대 안 갈 테니 동행할 심산으로!

썩 마음에 들지는 않았다. 나는 브로글이 될 가능성이 클 뿐, 브로글로 확정된 건 아니다. 무엇보다도 최종 결정일까지는 아직 시간이 남았다. 기대하지 않는 것과 포기는 같은 장르가 아니다. 아빠의 분별없는 낙관주의는 나에게도 영향을 미쳤다. 초록은 동색, 근묵자흑. 같이 살면 저절로 물드는 건 피할 수 없다. 오지랖으로 간주하고 일단 반박부터 했다.

"초보 마법사 양반, 귀가 먹었냐? 브로글이 되더라도 난 티오피 전문학교에 지원할 생각이라니까."

"알아. 하지만 팩토리를 견학한다고 해서 나쁠 건 없지 않겠어? 대비, 혹은 보험. 아니면 인생 체험. 타인과 지역 사회에 대한 심오한 관심. 멀리 있다면 몰라도 곁에 가까이 있는데 굳이 외면할 건 없지."

"네 이론엔 동의. 그런데 굳이 볼 필요 또한 없지 않나? 보지 않아도 어떤지 충분히 짐작할 수 있고. 무엇보다 취향에도 안 맞고."

"보면 다를지도 몰라. 아는 만큼 보인다는 말도 모르니?"

"어쩐지 요즈음엔 눈앞이 캄캄하더라. 너도 그렇지?"

"그런데 정말로 티오피 전문학교에 가려고?"

"내가 가는 티오피에 네가 왜 그리 관심이 많은 거니?"

"우정이지, 우정. 삼총사로서의."

"간섭은 아니고?"

"난 좀 걱정이 돼. 우리 달따랑 총사한텐 잘 안 맞는 것 같아서. 뭐랄까, 목성을 도는 칼리스토 위성에서 온 너라는 희귀 성향의 미결정 존재는 티오피의 구속이나 복종을 못 견딜 것 같아."

"컨베이어 벨트는 견딜 것 같냐? 팩토리에선 복종 안 하고 자기 맘대로 해도 되냐?"

"듣고 보니 그건 또 그러네."

소유는 내 머리를 쓰다듬으며 고개를 갸웃했다.

"그럼 어쩌나? 이 불쌍한 영혼은? 어울리는 직업이 없으니…… 차라리 서드나 특별 시설 노동자나 될까나?"

날 자극할 만한 단어만 고른 티가 물씬 났다. 노림수 가득한 소유의 질문에 대꾸를 한다? 출구 없는 마수에 걸려드는 꼴이다. 이미 밝혔듯 난 논쟁은 즐기지 않는다. 이길 수도 없고 이기고 싶지도 않다. 소유를 앞지르며 말했다.

"그래, 가자. 어차피 다른 즐거운 일이 어서 오라고 손 내밀며 기다리는 초해피해피한 상황도 아니니까."

서드에 대해 잠깐 짚고 넘어갈 게 있다. 아빠는 세 번 결혼했다. 한 번은 서드로, 두 번은 세컨드로. 서드로 시작하면 서드 혹은 포스로 끝나는 이 나라에서 보기 드문 희귀한 조합.

"서드에서 세컨드가 되었다고 누가 상 주는 건 아니지만. 처음 결혼했을 때 난 스물, 상대인 히나는 예순일곱이었단다. 끔찍하지?"

아빠는 브로글로 결정된 뒤 직업학교에 다녔다. 졸업 후에는 냉장고 팩토리에 들어가 1년 넘게 '문짝 다는 일'을 했다. 보통은 3개월 정도 일한 후 기판 조립이나 최종 점검 등 상대적으로 몸과 마음이 편한 공정으로 옮기기 마련이었다. 아빠는 그러지 못했다. 작은 일 하나도 그냥 넘어가는 법이 없는 아빠의 깐깐한 성격은 좋은 게 좋다는 안일한 신념을 가진 50대 히나 관리자의 마음을 불편하게 만들었기 때문이다.

히나로서는 최하위 계급에 속한 그는 오히려 반겼을지도 모르겠다. 오랜 세월 좌절과 벗하고 살아온 사람이었다. 선한 포기자의 길도 애써 외면하고 팩토리에 버티고 서선 줄곧 뭔가 터지기만을 기다렸을 테니.

"팩토리 브로글 노동자들은 내 편을 들어주지 않았지. 이해해. 브로글의 권익 같은 거대한 이념을 수호하기 위해 들어온 사람은 없었으니까. 다들 어쩔 수 없어 온 거니까. 그래서 늘 혼자였어. 한번은 대형 냉장고 문짝에 말 그대로 납작 깔렸는데도 아무도 도와주지 않더라. 몸보다는 마음이 더 아팠다."

히나 관리자의 횡포가 점점 심해지자 아빠는 운영 위원회에 고발했다. 언어와 신체 학대의 증거가 담긴 영상 자료까지 어렵게 확보해 제출했다. 강도가 약하고 (아빠 왈, "도대체 얼마나 더 모질게 당해야 강도가 충분하다고 인정을 받는 거니?") 모호하다는 이유로 ("화질도 빵빵한 영상 자료가 모호하다니, 그럼 3차원 홀로그램이라도 만들어 제출해야 하는 거니?") 결정 유보 판결을 받았다.

유보였으나 실은 무죄 판결과 다를 바 없었다. 말 그대로 합법적인 면죄부를 받은 히나 관리자는 도리어 힘을 얻었고, 그 뒤로는 노골적으로 아빠를 괴롭혔다. 아빠는 몇 달을 더 버티다 팩토리를 그만두었다. 생계를 위해 아르바이트 전문가 역할을 기꺼이 수행하며 (첫 아르바이트가 팩토리 직원 식당의 설거지 보조였다는 건 전혀 웃기지 않은 코미디고!) 티오피 전문학교 진학을 준비했다.

"한마디로 말도 안 되는 짓거리였지. 난 늘 그런 식이었어."

브로글 전문 인력을 양성하는 목적으로 세워진 티오피 전문학교에 진학하는 가장 쉬운 방법이 있다. 기초학교를 졸업하자마자 선택하는 것이다. 정원의 90퍼센트를 기초학교 6개월 내 졸업생으로 채우기 때문이다. 오해를 피하려고 아빠가 말한 그대로 옮겨 적는다.

"내 성적이라면 티오피 전문학교에 어렵지 않게 들어갈 수 있었지만, 이른 나이에 자립할 욕심으로 직업학교를 택했지."

아빠의 선택에는 나름의 합당한 이유가 있었다. 아빠는 생부에게 버림받은 아이들이 함께 생활하는 공동 양육소 출신이었다. 공동 양육소 아이들에 대한 성별 결정 기준은 특히 엄격하다. 추첨이야 철저하게 운이니 여기서 거론할 문제는 아니다. 자산 기준은 처음부터 불가, 어렵게 성적 기준을 통과해도 심사 위원회의 면접을 거쳐야 한다. 말이 면접이지 결격 처리를 위한 형식적인 절차에 지나지 않는다. 최상위 성적자, 국가 유공자 등의 특별한 경우가 아니면 통과는 어렵다.

히나가 되리라는 헛된 희망 따위는 초저녁에 접었던 아빠는 하루라도 빨리 어엿한 사회인이 될 수 있는 길을 택했다. (티오피 전문학교는 3년 과정이며, 직업학교는 1년 과정이다.) 당시엔 최선으로 보였던 결정이 성능 좋은 부메랑이 되어 특급 열차를 타고 돌아올 줄은 아빠도 미처 몰랐을 것이다. 아빠는 온갖 아르바이트를 섭렵하며 버텼다. 결국 입학 제한 나이인 스무 살이 되도록 티오피 전문학교에 합격하지 못했다. 태어나자마자 버려졌을 때처럼 기초학교를 졸업한 지 몇 년 지나지 않아 최하위 계급 브로글로 빠르게 추락했다. 아빠가 고를 선택지는 거의 없었다. 팩토리에 다시 취직(대폭의 임금 삭감과 평생 따라다니는 검은 딱지는 감수해야 한다.)하는 것, 아르바이트를 하면서 근근이 사는 것, 특수 시설 노동자가 되는 것, 아니면 서드가 되는 것.

서드가 되기로 마음먹은 건 공동 양육소 때부터 늘 함께였던 지선 아빠, 유진의 권유 때문이었다.

"결혼에 목숨을 걸었던 유진이가 서드로 처음 결혼하고 나서 석 달 후엔가 날 찾아왔어. 히나가 나이에 비해 무척 건강해 보여서 걱정했는데 의외로 얼굴이 밝더라. 중병에 걸려 오늘내일한다는 거야. 치료는 불가능하다는 거야. 유진이 인생에 처음으로 찾아온 행운이었지."

경제적 기반이 허약한 브로글은 대부분 서드로 첫 결혼을 한다. 세 번째 배우자를 맞이하는 히나의 나이는 평균 70세 내외다. 브로글 입장에서는 오직 경제적인 필요 때문에 하는 결혼이니만큼 단기간에 가장 많은 이익을 제공할 수 있는 히나를 찾는다. 가장 좋은 배우자는 80세 이상의 부유한 히나다. 여기에도 자본주의 시장 고유의 냉정한 수요와 공급의 법칙이 어김없이 작동한다. 법칙은 간단명료하다. 매력 순이다.

지선 아빠는 남들이 마다하는 67세의 건강한 히나(자칭 헬스 중독자인)와 울며 겨자 먹기로 첫 결혼을 했는데 뜻밖의 잭팟이 터졌다. 히나는 고맙게도 단 4개월 만에 세상을 떠났다. 지선 아빠는 자산의 3분의 1을 상속받는 성공을 거두었다. 기본 연한 5년을 채우고 이혼하면 받을 수 있는 자산의 열 배가량을 단번에 벌어들인 것이다.

히나가 원하는 매력적 요소를 갖추지 못했던 아빠는 지선 아빠가 골라 온 후보 중 한 명을 골라 첫 결혼을 했다. 완벽한 실패였다. 히나는 아빠를 노예나 하인 정도로 취급했다. 깔끔한 건 왜 그렇게 좋아하는지 복층 빌라를 청소하고 검열을 받으면 하루가 다 지나갔다. 아빠는 3년 만에, 즉 기본 연한 5년을 채우지 못하고 이혼했다. 공식적으로는 단 한 푼의 돈도 받지 못했다. 아빠의 처지를 불쌍하게 여긴 퍼스트가 히나 몰래 약간의 돈을 챙겨 준 것이 수익의 전부였다.

첫 번째 결혼 이후 지선 아빠와 아빠의 인생 전략은 확연히 달라졌다. 지선 아빠는 서드의 삶을 두 번 더 선택하면서 차곡차곡 알뜰하게 수익을 챙겼다. 조기 사망의 행운은 더는 없었지만 상대가 원체 부유한 히나들이었기에 대체로 나쁘지 않은 실적을 거뒀다. 아빠는 본인의 방식대로 도전해 보기로 했다. 마음을 편하게 해 준다는 감상적 이유만으로 부유하지도 않은 54세 히나의 세컨드로 두 번째 결혼을 했다. 결과는 역시 완전한 실패였다.

7년의 결혼 생활 동안 원래 시원치 않았던 히나의 스몰 웨딩 사업은 착실하게 망가졌다. 마지막 한두 해엔 아빠가 팩토리에서 아르바이트를 해야만 하는 상황에 이르렀다. 여러모로 팩토리와는 악연인 셈이었다. 마음의 평화는커녕 몸도 전혀 편하지 않았으니 이혼할 수밖에 없었다. 팩토리에서 1년 동안 일하고 받는 돈보다 조금 더 많은 수익을 챙겼을 뿐.

세 번째 결혼 상대는 엄마였다. 엄마의 재정 상태는 처음부터 파산에 가까웠다. 두 번째 결혼을 통해서 아빠가 배운 건 거의 없었다. 아빠의 비현실적으로 일관된 특별한 고집을 확인했을 뿐. 앞서 두 번의 결혼과 명확히 다른 점이 있기는 했다. 첫째, 엄마는 퍼스트와 별거 상태였으므로 실제로는 같이 사는 퍼스트 부부에 가까웠다. 둘째, 엄마와 아빠의 나이 차이는 10년밖에 되지 않았다. 셋째, 법률학교를 졸업한 엄마는 중견 법무법인에서 변호사로 일하다가 어느 날 갑자기 그만두고는 화가가 되었다. 그림을 판 적도 없는데 먼저 그만두었다는 점, 화가가 된 후에도 이렇다 할 대표작은 전혀 없었다는 점이 중요하다.

아빠가 엄마를 사랑했는지는 잘 모르겠다. 나를 낳은 게 증거가 아니냐고 주장할 수도 있겠다. 아빠의 주정 섞인 고백에 따르면, 나를 낳은 건 지선 아빠 때문이었다. 지선 아빠는 그 당시 서드로서 네 번째 결혼을 하고 이웃에 살았다. 어느 날 임신했다는 소식을 호들갑스럽게 전했다. 아빠는 그 소식에 충격을 받았다. 공동 양육소에서 온갖 고생을 하고 자란 지선 아빠는 영원히 아이를 갖지 않으리라 믿었으니까.

불과 한 달 후, 아빠는 나를 임신하는 기적을 이루었다. 대체로 이성적이나 가끔 감성에 크게 휘둘리며, 결국 그 감성 결정의 영향에서 벗어나지 못하는 경향을 지닌 아빠다운 행동이었다. 가능성은 희박하지만, 내가 크게 성공해 위인전이라도 나오게 된다면 작가는 이 부분을 적당히 윤색해야 할 것이다. 친구가 임신하자 부러워서 덩달아 임신했다는 사연은 아무래도 문제가 있다.

설령 아빠가 엄마를 사랑했더라도 기간은 길지 않았을 것이다. 앞에서도 말했듯 엄마는 연합 정부가 제공하는 위로금을 가장 많이 받을 수 있는 나이인 49세 생일에, 내 나이 다섯 살 되던 해에 선한 포기자의 길을 걸었기 때문이다. 그 뒤로 아빠가 걸어온 길 역시 앞에서 말한 바 있다. 아빠는 선한 포기자가 남긴 위로금 전부를 쏟아부어 당시 유행하던 장식용 고가 서적 전문 출판사를 차렸고, 잠깐 반짝이는 예외의 시기를 보낸 끝에 정확히 아빠 스타일대로 망해 갔다.

6장

Red Stage

피비는 수제 달콤 커피를 들고 서재로 사라졌다. 피비가 달고 들어온 전나무 잎 두셋과 거실에 남겨진 나는 뒹굴뒹굴용 소파에 자리를 잡았다. 서재를 흘낏 보고는 노트북을 펼쳤다. 아빠 카드를 이용해 전자책을 구매했다. 피비가 소유한 두툼한 책이 노트북으로 가볍게 쏙 들어왔다. 딸깍, 표지를 넘겼다. 서문이 등장했다. 서문 정도라면, 하는 마음으로 생각 없이 슬슬 읽어 나갔다. 나도 모르게 웃고 말았다. 번역한 이는 독설가였다.

소수의 예외만이 이 책을 택했을 것이다. 혹시라도 흔한 자기계발서를 기대한 독자는 조용히 제자리에 다시 꽂기 바란다.

“전자책이라 다시 꽂기 어렵거든요.”

실없는 혼잣말을 한 건 기분이 좋아졌기 때문일 것이다. 소수의 예외라는 표현이 신의 한 수였다. 나는 100퍼센트의 확신으로 말할 수 있다. 소수의 예외에 가장 잘 어울리는 사람은 바로 피비였다. 몇 장을 넘기자 이런 내용도 있었다.

> 옛사람에게 49세는 결단의 나이였다. 김시숙+은 49세에 수락산을 떠나 강원도를 떠돌았다. 이희는 군수의 인끈을 버리고 고향으로 돌아갔다.

사전에서 ‘인끈’이란 단어부터 찾아보았다. 인꼭지에 꿴 끈이라고 나왔다. 다시 인을 찾았다. 옛날에 관직의 표시로 차고 다니던 쇠나 돌로 된 조각물이라고 나왔다. 한마디로 군수직을 박차고 나왔다는 뭐 그런 의미. 왜 굳이 어려운 단어를 써서 사람을 고생시키나? 사용하는 언어를 보니 책을 읽어 나가기는 만만치 않을 듯했다. 제자리에 꽂으라는 표현은 빈말이 아니었다. 49세, 떠나거나 돌아간다. 나는 피비가 이 서문을 읽고 책을 샀으리라 추측했다. 책의 영향력을 과대평가하자면 이 책의 이 구절이 예약자의 길을 걷게 했을 수도 있다. 완전히 다른 추론도 가능하다. 피비가 예약자를 포기하고 악한 도망자가 되게 하는 데 영향을 미

+ 우리 세계에서는 김시습이라 부른다. 『금오신화』를 썼다.

쳤을 수도 있다. 우선은 말할 수 있는 것만 말하기로 하자. 49세를 갓 넘긴 피비에겐 여러모로 안성맞춤의, 피비를 위해 준비된 듯한 서문이었다.

피비에게 말하지 않은 사실이 있다. 피비가 추측했듯 어젯밤에 아빠와 나는 피비의 처분 방법을 의논했다. 과거의 추억이 합의와 표결에 필요한 배경지식이라는 이름을 달고 음습한 지하에서 끌려 올라왔다. 자세히는 아니고 간략하게, 본문의 이해를 돕기 위해 등장하는 짧은 주석만큼. 드라마 초반에 등장하는 지난 회 줄거리처럼.

아빠는 '악의 3인방'이라는 용어를 썼다. 시드니, 피비 그리고 아빠는 한때 악의 3인방이라는 별명으로 활약했다고, 웃지도 않고 말했다. 세 사람은 시드니와 피비가 공동 투자해 세운 변호사 사무소에서 함께 일했다. 시드니와 피비는 변호사, 아빠는 자료 조사원이었다. 일반적인 자료 조사원 일은 아니었다. 아빠가 일거리를 가져오면 두 사람이 해결하는 식이었다.

아빠가 영업 사원의 업무까지 맡은 이유는 단순했다. 직업학교를 졸업하고 10년 가까이 팩토리에서 일하며 잔뼈가 굵었던 까닭에 팩토리 사정을 누구보다 잘 알았기 때문이다.

처음 몇 년, 사무실은 순탄하게 굴러갔다. 바람에 돛을 단 정도는 아니어도 기분 좋은 바람을 맞으며 일의 보람을 느끼기에는 충분했다. 팩토리는 무명 변호사들에겐 천국이었다. 크고 작은 문제들이 매일같이 발생하는 장소였고, 고수익을 노리는 변호사들은 거들떠보지도 않는 장소였다. 팩토리는 많고도 많았고 상사의 성적 괴롭힘, 노조원에 대한 차별, 근무 지침 위반 등의 문제는 뽑아도 뽑아도 다시 나오는 여름 잡초와도 같았다.

세 사람은 박리다매의 원칙을 준수하며 열심히 일했다. 그 누구보다 근면 성실했기에 건드리지 않은 팩토리가 거의 없을 정도였다. 팩토리 관계자들이라면 누구나 세 사람을 알았다. 그들이 혀를 차고 고개를 저으며 악의 3인방이라는 별명을 붙여 준 이유였다. (이름만큼 위협적인 수준은 아니었던 셈이다.)

소액만 거래하는 현금 출납기 수준으로 팩토리를 다뤘다면 별 문제는 없었을 것이다. 세상사란 뜻대로 되지는 않는 법, 어느 순간 세 사람은 미지의 수풀에 발을 디뎠다. 물론 그때는 불과 몇 미터 앞에 천 길 낭떠러지가 입 벌리고 있다는 사실은 몰랐다. 아빠는 담담하게 말했다.

"지금 같으면 앗 뜨거워라, 하고 곧바로 뒤돌아섰겠지. 다루는 건수가 엄청났던 까닭에 제법 안정된 수입을 올렸을 때니까. 그땐 달랐어. 젊었고 자신도 있었지. 그리고 화도 많이 났거든. 불의한 사건을 한 건, 또 한 건 해결하는 과정에서 쌓였던 화가 모이고 모여서 마침내 감당할 수 없는 수준이 되었던 거야. 그래서 어리석게도 어떤 가수의 노래 가사 그대로 수풀을 헤치고 들길을 건넜지. 비유를 현실로 받아들인 거야. 예술적 표현을 고발의 언사로 받아들인 거야. 우리가 저지른 첫 번째 오류."

세 사람이 건드리거나 건넌 뜨거운 감자, 혹은 수풀 너머는 어느 팩토리의 젊은 팀장이었다. 편의상 A라고 부르기로 하자. A는 알이 꽉 찬 악의 소굴이었다. 욕설, 폭력, 성적 모욕, 횡령 등 무엇 하나 걸리지 않는 게 없었다. 치밀한 성격도 아니어서 증거는 사방에 널려 있었다. 그저 뒤따라가며 줍기만 하면 되었다.

하지만 1년 넘게 추적하며 증거를 알뜰히 모아 종합 선물 세트를 제출했음에도 불구하고 A는 처벌받지 않았다. 경찰은 수사에 열의를 보이지 않았고, 검사는 기소할 생각조차 하지 않았다. 그 의미를 곰곰 생각했으면 좋았을 것이다. 그러지 못했다. 세 사람은 젊었고, 자신이 있었다. 그리고 아빠 말대로 쌓인 화가 많았다. 세 사람은 끈질기게 물고 늘어졌고, 결과만 말하자면 승리했다. 악의 3인방이 거둔 가장 큰 승리!

"A는 팩토리에서 해고되었다."

세 사람이 축배를 들었는지는 모르겠다. 하지만 몇 달 후 새로운 소식이 들려왔다. A가 다른 팩토리에 근무한다는 소식. 팀장보다 한 등급 높은 그룹 리더가 되어. 분노의 포로가 된 세 사람은 이번에도 그 의미를 깊게 생각하지 못했다. 세 사람은 표범처럼 A의 뒤를 물고 늘어졌고, A의 엄마와 팩토리 총괄부 장관 사이에 돈이 오간 흔적을 발견했다. 한 걸음 더 나아갔다고 믿었던 순간 날씨와 지형이 바뀌었다. 길이 넓어지고 앞이 환해졌다 싶었는데 곧바로 낭떠러지가 나타났다.

A의 엄마는 불법 도청 혐의로 세 사람을 고소했다. 경찰이, 일반 경찰이 아닌 정치 경찰이 사무실을 수색했다. 세 사람은 본 적도 없는 도청 장치와 서류들이 여기저기서 등장했다. 사용법도 모르는 물건들이었고 쓴 적도 없는 서류들이었다. 세 사람은 취조를 받았다. 지금까지 맡았던 사소한 사건 하나하나까지 다 기억해 내고 답해야 했다. 두 사람은 며칠 안 되어 무혐의 처분을 받고 풀려났다. 그런데 나머지 한 사람은 스스로 유죄를 인정했다. 하나부터 열까지 자신이 계획한 일이며 나머지 두 사람은 아무것도 모르는 상태에서 그저 시키는 대로 따랐을 뿐이라고 진술했다. 그 사람의 이름은 피비였다.

나는 『성학십도』의 서문을 넘어 본문에 도전했다. 번역은 명쾌했다. 문장은 물 흐르듯 부드러웠다. 이해는 다른 차원이었다. 명쾌한 번역과 매끄러운 문장은 『성학십도』에 이르는 길을 환히 밝혀 주는 가로등이었지만 가로등 불빛만으로 문을 열 수는 없는 법. 집 앞 어딘가에 숨겨진 열쇠를 찾아야만 했다.

나는 문장 중간에 읽기를 멈추고 읽었던 내용을 몇 번이나 되새김질했다. 열쇠는 흔적도 보이지 않았다. 제1장 태극에서 한 시간가량 지옥을 버티다가 딸깍, 전자책을 덮었다. 할 수만 있다면 서가에 다시 꽂고 싶었다. 몹시 피곤했다. 무극, 태극, 음양, 오행 같은 미로의 단어들이 머릿속을 떠다녔다.

이어폰을 꽂고 음악을 골랐다. 〈수풀을 헤치며〉를 감상하는 건 당연한 선택 같았다. 노래가 흘렀다…… 내가 좋아하는 빠르고 리듬감 넘치는 노래와는 거리가 멀었다. 피비가 흥얼거렸던 타령을 떠올렸다. 엉망진창의 타령과 노래를 연결 짓기는 불가능했다. 태극과 수풀의 조화는 완벽했다. 얼마 되지 않아 눈이 감겼다. 잠이 들었다. 뱀 머리를 한 음양과 오행이 내 몸을 감싸고 빙빙 도는 이상한 꿈을 꾸었다.

소유와 나는 팩토리 종합 안내소로 들어갔다. 안내원 한 명이 재빠르게 다가와 우리를 맞이했다.

"건강하고 즐거운 팩토리에 오신 것을 환영합니다."

이십 대 후반으로 보이는 노련한 표정의 브로글이었다.

소유는 안내원 교체를 요구했다. 곧바로 다른 안내원이 나타났다. 소유는 다시 안내원 교체를 요구했다. 세 번 연이어 교체를 요구한 끝에 나타난 안내원은 우리보다 겨우 두세 살 많아 보이는 젊은 브로글이었다. 직업학교를 최우수 성적으로 수료한 덕분에 안내소로 발령받았을 것이다. 아니면 든든한 후원자를 이미 구했던지. 피부가 희고 이목구비의 선이 유난히 가느다란 안내원은 뜻밖에 단호한 목소리를 가졌다.

"특별 시설을 찾는 거라면 잘못 오셨습니다."

"그럴 리가요. 나이도 안 되고 의향도 없습니다."

"다시 말씀드리지만 여기는 팩토리 종합 안내소입니다."

"믿기 어렵겠지만 저도 글자를 읽을 줄 압니다."

"그런 뜻은 아니었습니다. 그럼…… 제가 안내해도 될까요? 먼저 건강하고 즐거운 팩토리에 오신 것을 환영합니다."

마법사 모자를 벗은 소유가 고개를 갸웃했다.

"팩토리가 정말 건강하고 즐거운 곳인가요?"

안내원은 침착하게 안내 문구를 반복하는 것으로 응대했다.

"건강하고 즐거운 팩토리에 오신 것을 환영합니다."

"낯이 익은데…… 혹시 니르바타 제2 기초학교 출신?"

안내원은 고개를 살짝 젓고 우리에게 전자 패드를 내밀었다.

"팩토리 체험을 희망하시나요?"

"네."

"그럼 먼저 서류부터 작성해 주세요."

"알겠습니다. 소원이시라면 그러죠, 뭐."

소유는 기초학교 수업 시간이라도 되는 것처럼 손을 번쩍 들었다. 잠시 외면했던 안내원이 마지못해 고개를 끄덕였다.

"첫 항목부터 난감하네. 체험 사유, 이거 꼭 써야 합니까?"

"네, 그러니까 필수 항목이라고 되어 있겠죠."

"보통은 뭐라고 쓰죠? 직업 세계에 대한 마술적 이해? 팩토리

자동화와 심리적 충격의 상관관계에 대한 계량 경제학적 파악? 예술 매체로서의 팩토리 공정 재확인 작업?"

"보통은 직업학교 입학 예정이라고 쓰지요."

"그럴 생각이 없으면요? 이를 어쩌나? 잘난 체하려는 건 아니지만 난 브로글이 될 가능성은 제론데."

"그래도 그렇게 씁니다. 간단하고 명료하니까요. 실제 사유가 무엇이건 말이에요."

어떻게든 비꼬고 흔들려는 소유의 질문에 안내원은 현명한 대답으로 응수했다. 기분이 상한 건 확실했다. 살짝 찌푸린 미간을 나는 분명히 보았다. 소유는 마법사 모자를 팽이처럼 빙빙 돌리며 물었다.

"정말 니르바타 제2 기초학교 다니지 않았어요? 내가 알던 선배 얼굴이랑 비슷한데. 혹시 이름이……."

"최영준입니다."

"이름도 익숙한데……."

"흔한 이름이지요. 저는 유레카 출신입니다. 질문 하나 해도 될까요?"

"몇 개를 하셔도 됩니다. 그리스의 명철학자 크산티페+ 선생님께서 주장하셨듯 질문은 쨍쨍 대낮이건 번개 치는 밤이건 언제

+ 우리 세계에서는 소크라테스의 악처로 알려져 있다.

나 대환영이거든요."

"정말 체험하러 오신 거 맞나요?"

소유는 손뼉을 짝짝 치더니 내 등을 세게 쳤다.

"아, 깜박했네. 우리 달따랑도 유레카 출신이에요. 와우, 이런 심오한 우연이!"

안내원이 소유를 보며 잠깐 빙긋 웃었다.

"팩토리 체험은 두 곳까지 하실 수 있습니다. 원하는 팩토리에 표시하시면 됩니다. 최소 체험 인원은 두 명이므로 두 분이 논의해서 결정해 주시기 바랍니다. 두 명의 경우는 30분 미니 체험 프로그램만 가능합니다."

"30분요? 그 시간에 체험이 가능합니까?"

"설명을 들으며 둘러보는 쪽에 가깝지요."

"아무래도 시간이 좀 짧은데…… 더 체험하고 싶으면요?"

"본격적인 체험은 직업학교 입학을 고려하는 미결정 존재만 가능합니다. 사전에 기초학교에서 받아 온 서류를 제출하셔야 하고요."

"그것참……."

소유는 손가락으로 전자 패드를 두드리면서 얼굴을 기이하게 망가뜨렸다.

"이상하지 않습니까? 브로글로 결정되어 직업학교에 입학하면 어차피 팩토리에 대해 지겹게 배우고 체험할 텐데 굳이 입학하기도 전에 본격적인 체험을 할 필요가 있나요?"

"연합 정부에서 정한 규칙입니다."

"직접 겪어 본 브로글로서 이상하다고 생각하지 않으세요?"

처음 맞았던 안내원이 다가왔다. 우리 안내원은 괜찮다고 말하고는 선배를 돌려보냈다. 소유는 오가는 사정을 전혀 모르는 사람처럼 태연히 이야기를 이어 갔다.

"유레카에서 우리 달따랑을 본 적은 정말 없나요?"

"유레카의 면적은 니르바타의 두 배 이상이랍니다."

나도 몰랐던 사실이었다. 아는 게 많은 안내원은 침착한 태도를 유지했으며 살짝 웃음까지 지었다. 배워 둘 만한 훌륭한 소유 공략법이었다. 소유는 바퀴벌레처럼 끈질겼다. 승패가 이미 결정되었어도 패배를 인정하지 않았다.

"유레카에 사는 미결정 존재가 브로글이 될 확률은 얼마나 되나요? 엄청 가난하고 무식한 동네니까 전국 평균보다 훨씬 높겠죠? 혹시 90퍼센트?"

여태껏 침착을 유지하던 안내원의 얼굴이 붉어졌다. 나는 소유의 손목을 잡았다. 무슨 이유에서인지 몰라도 안내원을 망신 주기로 단단히 마음먹은 듯했다. 소유는 내 손을 뿌리쳤다.

"유레카 출신이 왜 니르바타 팩토리에 있는 거죠?"

"니르바타 팩토리엔 늘 인원이 모자라니까요. 쾌적한 환경으로 이름난 곳이기도 하고요."

소유는 안내원의 대답은 아예 무시했다.

"아하, 알겠다. 니르바타엔 부자 히나들이 많으니까 이 기회에 인생 한번 바꿔 보시겠다 이건가요? 배우자는 구했습니까? 서두르지 않으면 좋은 조건 다 날아갑니다. 나이, 금방 먹어요. 주름살, 금방 생겨요. 이 동네는 제가 잘 아는데 음…… 아예 특급 요양원과 연결해 줄까요? 몇 년 안에 세상을 떠날 게 확실한 돈 많은 히나들의 집합소죠. 우리 엄마 연줄을 동원하면 가능하답니다. 우리 엄마가 연결 전문 변호사거든요."

여태껏 잘 버티던 안내원의 얼굴이 변했다. 화난 표정의 안내원은 대답 대신 문을 세게 열었다.

"체험하실 생각이 없으시다면 나가 주시기 바랍니다. 무장한 히나 경비원을 부를까요?"

"알았어요, 갑니다, 가."

소유는 안내원에게 패드를 건넨 뒤 잠깐 노려보곤 밖으로 나갔다. 나는 유레카 어느 곳에선가 한 번은 마주쳤을 수도 있는 안내원에게 고개를 깊숙이 숙여 인사한 후 밖으로 나왔다. 소유는 자판기로 달려가 코크를 뽑았다.

"오늘 일, 도대체 뭐냐?"

소유는 대답하지 않았다. 코크를 손에 들곤 그 자리에 털썩 주저앉았다. 그 순간 마법사 모자에 불이 들어왔다.

"와우, 불까지 켜지는 모자였어?"

"아니, 내가 속으로 마법을 부렸거든. 켜져라, 하고. 붉은색을 원했는데 푸른색이네. 연습을 좀 더 해야겠군. 아브라카다레드!"

"멋진 주문이네. 나도 해 보고 싶다. 아브라카다옐로! 아브라카다보라!"

"영어로 해야지."

"무식해서 미안하다. 영어로 보라는 뭐냐? I see?"

소유는 대답하거나 허무하게 웃는 대신 모자를 벗어 색깔을 한 번 더 확인했다. 그러고는 스위치를 껐다. 소유는 코크를 한입 가득 마신 다음 탄산의 가혹함이 느껴지는 얼굴로 말했다.

"우리 엄마한테 애인이 있더라."

순간적으로 농담이 서너 개 떠올랐다. 소유의 얼굴이 무서워서 자제하기로 했다.

"심각한 관계?"

"응. 결혼도 생각한대."

"그렇구나."

"그렇지."

"너희 엄마에게도 드디어 세컨드가 생기는구나. 축하드려야 하나?"

"축하는 무슨…… 아까 유레카를 비하한 건 미안하다."

사과라니 소유답지 않았다. 쿨하지 않은 태도, 그게 더 기분 나쁘다고. 나는 명랑 모드를 유지하며 대답했다.

"괜찮아, 다 사실인걸. 지구는 휙휙 돌고, 니르바타는 쑥쑥 크고,

유레카는 푹푹 쓰러지고, 뭐 그런 거지. 그래야 생태계 균형도 맞고."

우리의 체험은 그렇게 끝났다. 정상적인 팩토리 체험은 아니었지만 팩토리에서 일어난 일인 만큼 일종의 팩토리 체험인 것만은 분명했다. 마임이나 코미디 같았던 소유의 말과 행동의 의미를 제대로 알게 된 건 나중 일이었다.

7장

Red Stage

소설가 무라카미 미도리[+]는 제목이 잘 기억나지 않는 어느 글에서 열다섯 살의 의미에 대해 말했다.

열다섯 살! 마음은 희망과 절망 사이를 오간다. 세상은 현실성과 비현실성 사이를 왔다 갔다 하며, 열다섯 살의 몸은 오르내림을 반복한다. 축복과 저주의 롤러코스터!

무라카미 미도리는 상품성과 문학성을 두루 갖춘 작가로 알려져 있다. 책을 냈다 하면 백만 부는 기본이며 노벨 문학상 수상이

+ 우리 세계에서는 무라카미 하루키라 부른다. 작가. 『1Q84』 등을 썼다.

유력한 후보다. 소설을 읽은 적은 없으니 문학성에 대해서는 할 말이 없다. 노벨상…… 모른다. 읽었더라도 마찬가지였겠지만. 열다섯 살에 대해 적은 부분에 대해서는 할 말이 있다. 위의 글을 떠올리면서 나는 무라카미 미도리의 미결정 존재 시절을 추측했다.

중산층 이상의 가정에서 자라났을 것이다.

브로글이 되리라고는 꿈에도 생각하지 않았을 것이다.

자산 점수와 성적 점수 모두 상위 10퍼센트에 속했을 것이다.

인터넷을 뒤져 자료를 찾아보았다. 내 짐작은 정확했다. 외과 의사를 엄마로 둔 무라카미 미도리는 마당이 넓은 집에 살았으며, 기초학교 시절 내내 상위 3퍼센트 안에 드는 성적을 유지했다. 졸업 후에는 법률학교에 진학해 10년 동안 변호사로 활동했다. 처음에는 취미 삼아 글을 썼고, 베스트셀러 작가가 된 후로는 변호사를 그만두고 작품 활동에 전념하고 있다…….

내 능력으로 무라카미 미도리의 '오르락내리락' 열다섯 살 이론을 반박하기는 어렵다. 그렇다고 그냥 받아들이기엔 뭔가 좀 걸린다. 뭐랄까, 어딘지 모르게 위에서 내려다보는 오만한 느낌이 든다는 말이다. 능력이 현저하게 떨어지는 미결정 존재의 콤플렉스 때문일 수도 있겠다. 그래도 의심스러운 시선은 거두고 싶지 않다. 지렛대 양쪽을 오갔던 것처럼 썼지만 정작 본인은 열다섯 살 내내 한쪽에만 앉아 있었던 것은 아닐까?

아빠는 정반대 쪽에 앉은 사람이었다. 열다섯 살 아빠에게 희망은 없었다. 냉정한 현실은 길을 막고 비켜 주지 않았다. 아빠는 홀로, 정면으로 마주쳐야만 했다. 어떻게든 길을 찾거나 만들어야만 했다. 그 시절 아빠의 삶은 두 줄로 설명할 수 있다.

열세 살에 공동 양육소를 탈출했다.

열다섯 살에 직업학교에 들어갔다.

그 2년 동안 아빠가 어디에서 무엇을 하며 버텼는지 나는 모른다. 아빠는 과거 일을 들먹이며 교훈을 남발하는 사람이 아니었다. 간간이 옛이야기를 들려주기는 했다. 대개는 실리적인 필요를 충족시키려는 목적으로 이루어진 계산적인 행동이었다. 아빠가 그 2년의 시기에 대해 내가 적은 두 문장 이상으로 말해 준 적은 한 번도 없었다. 감추면 감출수록 더 궁금해지는 법이다. 뭔가 특별한 사연이 있음을 직감한 나는 비밀의 비늘로 뒤덮인 그 시기에 대해 몇 번이고 집요하게 캐물었다.

어느 날 술에 취해 기분이 좋아진 아빠는 그럼 마지막이다, 하고 말했다. 조선 후기를 살았던 김금석[+]이라는 브로글 이야기를 꺼냈다.

+ 우리 세계에서는 김금원이라 부른다. 시인. 『호동서락기』를 썼다.

"부유한 양반 히나의 세컨드 김금석은 그 시대 브로글로서는 드물게도 자신이 살아온 삶을 기록으로 남겼지. 열네 살에 히나로 위장하고 집을 떠나 세상을 유람한 일, 세컨드가 되어 분에 넘치는 사랑을 받은 일, 처지가 비슷한 주위의 브로글들과 문학 동호회를 만든 일. 이 세 가지를 축으로 한, 꼼꼼하면서도 기쁨과 자부심이 넘치는 기록. 그런데 필요에 따라 세월을 넘나드는 그 기록엔 없는 게 한 가지 있어. 열네 살부터 대략 스물네 살까지, 10년 동안의 이야기는 단 한 줄도 없어. 나머지 시기에 대해선 지나치게 세부적인 것도 (여행지에서 삼시세끼 먹은 음식 종류와 몇 년 전에 구매했던 주방 물품 목록 같은) 시시콜콜 잊지 않고 언급했던 김금석은 그 10년에 대해서는 철저하게 입을 다물었지. 타임머신을 타고 10년을 그냥 뛰어넘었거나 아예 기억을 잃은 사람처럼 말이야. 내 말뜻 알겠니? 사람에겐 누구나 말하고 싶지 않은 비밀의 시기가 있기 마련이란다."

거실과 서재에 본거지를 두고 오전 시간을 각자 알아서 보낸 피비와 나는 정각 12시에 다시 만나 함께 점심을 먹었다. 메뉴는 라면이었다. 아빠는 몰래 먹지만 나는 당당하게 먹는다. 콜레스테롤 수치와 고혈압을 걱정할 나이는 아니니까. 건강상의 여러 문제를 빠짐없이 수집하는 것처럼 보이는 피비가 조금 신경 쓰이기는 했다. 그냥 그렇다는 것뿐. 피비를 위해 진수성찬을 차릴 마음은 없었다. 마음이 있더라도 형편이 못 되었다. 라면을 직접 끓이겠다는 피비를 만류하고 내 솜씨를 발휘한 게 유일한 대접이었다.

피비는 빠르게 라면을 흡입했고 다 먹은 후에는 입가심할 거리는 없느냐고, 얇은 입술을 여러 번 핥으며 물었다. 아이도 아니고…… 솔직히 말해서 보기 좋은 광경은 아니었다. 피비의 시선을 피하며 냉장고에 아이스크림이 있다고 알려 주었다. 피비는 아이스크림을 꺼내 커다란 밥숟가락을 이용해 통째로 퍼먹었다. 속도가 심상치 않았다. 편의점에서 제일 비싼 아이스크림이었다. 일주일에서 열흘에 걸쳐 아이스크림 숟가락으로 한 숟가락, 혹은 두 숟가락씩 아껴서 먹는. 내버려 두면 끝까지 다 먹을 기세였다. 이번 주엔 할인 행사도 없다. 나는 가난한 집 아이다. 벌어질 불행을 보고만 있을 수는 없다. 그래서 피비에게 물었다.

"시드니는 어떻게 죽었나요?"

효과가 있었다. 피비의 숟가락질이 갑자기 느려지다 끼이익 소리를 내며 멈추었다. 정곡을 찌른 것이 분명했다. 피비는 아이스크림통 뚜껑을 닫았다. 눈길엔 아쉬움이 가득했다. 입술을 핥는 작업은 그 와중에도 잊지 않고 수행하며 말했다.

"아빠가 알려 주지 않았니?"

"내가 아직 어릴 때 사고로 죽었다는 사실밖에 몰라요. 시드니는 죽고 나는 자랐죠. 마치 임무 교대하듯 말이에요."

나는 손을 뻗어 바통을 받는 흉내를 냈다. 짓궂은 웃음도 한 숟가락 첨가했다. 피비는 웃지 않았다. 이미 뚜껑을 닫은 아이스크림통만 쳐다보았다.

"어떤 사고였냐고 물으면 내용이 아니라 결과가 중요하다고 대답해요. 죽었다는 사실이 유일하게 기억해야 하는 사항이라고 하면서 세부 내용에 대해서는 알려 주지 않아요. 부당하지 않나요? 다른 사람도 아니고 친엄마의 일인데 저한테도 알아야 할 권리는 있지 않나요?"

"친엄마…… 권리…… 있을 거다. 아니, 있지. 당연히 있지."

"그렇죠?"

"그런데 그걸 왜 나한테 묻니? 난 너의 가족이 아니다."

"시드니와 제일 가까웠던 친구였다면서요."

"난 네 아빠와도 친구다. 제일인지는 모르겠지만 오랜 친구인 건 확실하다."

"그러니까 하는 말이에요."

"그러니까라니, 무슨 뜻인지 모르겠다. 친구는 가족이라는 뜻이냐?"

"무슨 뜻인지 알잖아요."

"우정의 기본은 믿음, 기본을 배반해서야 친구라고 할 수도 없지. 네 아빠가 말하지 않는 것을 내 입으로 말할 수는 없다. 고고한 가치, 신념 체계 같은 거 다 떠나서 실리적으로도 큰 손해다. 당장 쫓겨날 테니. 네 아빠 성격은 네가 가장 잘 알겠지. 한다고 하면 하는 수준의 사람이 아니다. 신호도 언질도 없이 곧바로 실행에 옮기는 사람이다."

피비는 넘어올 듯 넘어오지 않았다. 피비의 말엔 틀린 게 없었다. 피비와 아빠가 괜히 오랜 친구인 건 아니었다. 겉모습과 성격은 정반대에 가까웠지만. 아빠는 강하고 딱딱했고, 피비는 약하고 부드러웠다. 아빠는 이성적 행동형이었고, 피비는 몽상적 사고형이었다. 하지만 둘에겐 뭐랄까, 보편을 넘어서는 특별한 형태의 완고한 고집, 상식을 무시하는 오만한 태도, 위기를 감지해 움직이는 빼어난 행동력 같은 공통점이 있었다. 아빠가 그렇듯 피비 또한 만만한 인간이 아니었다. 피비에겐 보이는 것 이상의 뭔가가 있었다…… 나는 빠르게 포기했다. 어르고 달래서 설득하는 건 내 취향이 아니다.

입이 말랐다. 숟가락을 가져왔다. 나머지 아이스크림을 먹었다. 피비의 시선이 느껴졌다. 피비가 말했다.

"시드니는 한 시대에 한 명도 나오기 힘든 진정한 천재였다. 기초학교 시절은 물론이고 난다 긴다 하는 학생들이 모두 모인 법률학교에서도 6년 내내 일등을 놓친 적이 단 한 번도 없었다. 흉보고 시기하는 자들이 많았던 것은 당연한 귀결이었다. 시드니도 네 아빠처럼 공동 양육소 출신이었으니까. 개천 용이 영웅으로 떠받들어지던 시대는 오래전에 끝났다. 출신과 능력의 괴리는 타파해야 할 구시대의 모순일 뿐. 법률학교 학생들은 이성적으로 생각하겠거니 여기지 마라. 그들은 인간성이 거세된 공부 기계들이었다. 그런데 인간 시드니는 그 기계들을 쉽게 압도했다는 말이다. 학년이 높아질수록 견제와 압력과 질투와 증오가 더 심해지고 높아진 건 당연하다. 오해 마라. 학생들만 그랬다는 뜻은 아니다. 시드니를 끌어내리기 위해 부렸던 그들의 수작은…… 아, 자세히 말하지는 않겠다. 보는 것도 괴로웠고 말로 옮기기도 힘이 든다. 결론만 말하겠다. 시드니는 다 견뎌 냈어. 시드니는 범인들이 따라올 수 없는 진정한 천재였으니까. 시드니에 비하면 나는 기억 장애자나 마찬가지다. 더 한심한 건 어쩌다 시드니와 친구가 되었는지조차 잘 기억나지 않는다는 것이다. 출신도 달랐고 능력 차는 하늘과 땅 사이보다 컸다. 어느 날 문득 깨닫고 보니 시드니와 둘이 단짝이 되어 어울리고 있었다. 다른 친구는 단 한 명도 없었다. 이런 나지만, 평생 시드니의 친구로 살겠다고, 무슨 일이 있어도 곁을 떠나지 않겠다고 결심한 때가 언제였는지는 날짜까지 확실하게 말할 수 있다. 내가 그런 결심을 할 수 있었던 건 나의 모부 때문이었다."

피비의 독특한 말을 그대로 기록하기 힘들어 내 나름대로 요약, 설명하겠다. 시드니의 열네 번째 생일날이었다. 미결정 존재로서 맞는 마지막 생일날이었다. 피비는 시드니에게 특별한 선물을 하고 싶었다. 피비가 생각한 건 생일잔치였다. 시드니는 자신만을 위한 생일잔치를 경험한 적이 없었다. 시드니가 있는 공동 양육소에서는 매달 1일 해당 월에 생일이 있는 아이들을 앞으로 불러내 한꺼번에 축하해 주었다. 아이들 숫자만큼 초가 꽂힌 케이크가 축하 행사의 전부였다.

피비는 모부에게 도움을 요청했다. 시드니의 생일잔치를 열어 주고 싶다고. 이유도 정확히 설명했다. 두 사람은 주의 깊게 피비의 말을 들었고, 찬성했다. 기뻤다. 시드니가 공동 양육소 출신인 것을 알면서도 싫은 티를 내지 않는 모부, 약자를 배려할 줄 아는 모부가 자랑스러웠다. 참고 삼아 말하면 피비의 엄마는 꽤 잘나가는 연결 전문 변호사였다.

생일잔치는 훌륭했다. 가짓수는 많지 않아도 특별한 날에만 먹을 수 있는 음식들이 선별되어 준비되었다. 피비의 모부는 일부러 시간을 내 아이들과 함께 밥을 먹었다. 식사가 끝난 후에는 케이크가 나왔다. 시드니는 열네 개의 초가 꽂힌 케이크 앞에서 머뭇거렸다. 피비의 눈길을 받고서야 촛불을 껐다. 피비는 시드니에게 선물을 주었다. 휴대용 법률 사전이었다. 모부는 마음껏 놀고 가라는 말과 함께 자리를 떠났다.

둘은 함께 게임을 하고 만화책을 보며 웃고 또 웃었다. 시드니는 저녁을 먹기 전에 돌아갔다. 공동 양육소의 엄격한 통금 시간 때문이었다. 그날 밤, 아빠가 피비를 불렀다. 거실에는 엄마도 있었다. 아빠는 말없이 엄마 곁에 앉았다. 엄마는 짧게 말했다. 앞으로는 시드니와 만나지 말라고. 공동 양육소 출신과 얽혀서 좋을 일은 하나도 없다고. 시드니는 좋은 아이라고 했다. 시드니 개인에게 악감정이 있어서가 아니라 피비의 미래를 생각해서 하는 말이라고 했다. 피비는 시드니의 생일잔치가 예상보다 성대했던 이유를 깨달았다. 모부는 마지막이라는 단어를 염두에 두고 있었던 것. 피비는 말했다.

"모부는 품위 있는 분들이었지. 시드니에 대해 자신들 방식으로 최선의 배려를 한 것만 봐도 알 수 있어. 하지만 나는 그것을 배려로 받아들일 수 없었어. 배려라는 단어 속에 숨겨진 추악한 거짓과 차별을 보았어. 우리 모부는 단 한순간도 시드니를 진심으로 용납하지는 않았던 거야. 바로 그날 밤, 결심했지. 앞으로 절대 시드니 곁을 떠나지 않겠다고. 시드니가 평생 친구라고 부를 수 있는 그런 사람이 되겠다고. 늘 진심으로 대하겠다고. 형식적인 배려 따위는 절대로 하지 않겠다고."

피비의 고백은 솔직했다. 마음에 와닿는 점도 여럿 있었다. 그래도 할 말은 하자. 점수를 주라면 빵점을 줄 수밖에는 없다. 내 질문은 시드니의 죽음과 관련된 것이었다. 피비는 동문서답을 했다. 자작곡을 부르라고 했는데 비틀스 노래를 불렀다. 피비도 자신의 잘못을 느꼈던 것 같다. 피비의 목소리가 부드럽게 바뀌었다.

"편의점에라도 갈까?"

사람들이 많이 드나드는 장소에 가도 되나, 하는 생각이 잠깐 들었다. 그냥 피비의 말을 믿기로 했다. 지금이 가장 여유로운 시기라는 그 말을 말이다. 피비는 전문가니까. 앞날도 고려했다. 아이스크림은 곧 동이 날 것이다. 편의점에 가는 사소한 외출도 며칠 후에는 쉽게 하기 어려울 것이다. 편의점은 멀지도 않았다. 집에서 걸어서 5분 거리였다. 우리는 말 없는 5분을 함께한 후 편의점에 들어갔다. 피비는 곧장 아이스크림을 골랐고, 나는 잠깐 망설이다 참치 캔을 집었다. 피비는 정말, 하는 표정을 지었고 나는 고개만 끄덕였을 뿐 부연 설명은 하지 않았다. 피비는 참치 캔을 하나 더 얹으며 말했다.

"원 플러스 원. 표기된 정보는 제대로 확인해야지. 눈 뜨고 손해 보는 건 참을 수 없어."

간소한 쇼핑을 마치고 밖으로 나왔다. 피비가 갑자기 걸음을 멈추었다. 편의점 건너편에는 경찰 두 명이 서 있었다. 경찰들은 담배를 피우며 낄낄거렸다. 웃음은 천박했고 행동은 나태했다. 복장만 아니었다면 양아치로 오해했을 것이다. 작정하고 피비를 노리고 기다렸던 것처럼 보이지는 않았다. 정치 경찰도 아니었다.

경찰들과 눈이 마주쳤다. 경찰들은 어색하게 시계를 보았다. 담배꽁초를 발로 밟고 자리를 떴다. 피비는 경찰들이 보이지 않게 된 후에야 움직였다. 아무 일도 없었던 것처럼, 아무것도 못 본 사람처럼 자연스럽게 걸음을 옮겼다. 나는 피비의 뒤를 따라가며 물었다.

"시드니는 천재였다고 했지요? 아빠도 머리가 나쁜 편은 아닌 것 같아요. 설형…… 지공……."

"형설지공?"

"네, 형설지공의 노력으로 변호사가 되었으니까요. 머리가 나빴다면 노력이 다 무슨 소용이겠어요?"

"그런데?"

"그런데 왜 저는 공부를 못하는 걸까요?"

피비가 뒤를 돌아보았다. 씩 웃으면서 아픈 곳을 찔렀다.

"정말 공부를 열심히 하기는 했니?"

정곡을 찔려서 짜증이 났다. 그래서 다시 물었다.

"무인도에 가져가고 싶은 책 두 권, 바꿔도 되나요?"

Blue Stage

지선이 전화를 걸어 212 공원에서 만나자고 했다. 지선은 벤치에 앉아 호수를 보고 있었다. 곧장 다가가려다가 걸음을 멈추고 서서 지켜보았다. 10분 넘게 지선은 꼼짝도 하지 않았다. 손과 발은 물론 머리도 움직이지 않았다. 제어할 수만 있다면 머리카락조차도 움직이지 않았을 것이다.

지선은 잘생긴 미결정 존재였다. 키도 크고 손발도 길었다. 웃는 얼굴은 따뜻했고 고민하는 얼굴은 조각 같았다. 히나가 되면 브로글들의 시선을 끌 것이 분명했다. 다가오는 브로글은 의외로 많지 않을지도 모르겠다. 지선은 사람을 만나면 늘 웃음으로 맞이하고 정중하게 대한다. 하지만 자기 마음을 솔직하게 보여 주지는 않는다.

잘생기고 부유한 미결정 존재인데, 목소리도 표정도 밝은데 왜 내면은 밝아 보이지 않는 걸까? 왠지 마음이 좀 아팠다. 지선에게 살금살금 다가가 눈을 가렸다. 지선이 놀라기를 바라면서. 지선은 내가 스스로 손을 뗄 때까지 기다렸다. 그것도 작전이라면 나름 훌륭했다. 이게 뭐람, 스스로 한심해져서 손을 떼고 말았으니까. 지선은 아무 일도 없었던 사람처럼 반갑게 웃으며 인사를 건넸다.

"왔니?"

"왔으니까 네 눈도 가린 거 아니겠니?"

"그랬구나."

"그랬구나라니. 속도 참 좋네. 내가 아니었으면 도대체 어쩌려고 그랬어? 너의 목숨을 노리는 강도였다면?"

"니르바타 한가운데 212 공원에 무슨 강도가 있겠니? 무엇보다 약속 시간이 다 되었으니 당연히 너일 것 같았고."

"잘났다, 정말."

"논리가 그렇다는 거지."

지선은 빙긋 웃었다. 예의 바르고 논리적인, 그러나 무기력한 반응에 두 배로 지친 나는 지선 옆에 털썩 주저앉았다.

"해따랑은?"

"법률 학원에 갔어."

"가긴 가는구나."

"그럼. 말만 그렇지 실제로는 꽤 성실하거든."

"넌?"

"오늘은 보강일이야. 빠진 적이 없으니 나한텐 쉬는 날이지."

"둘이 같이 듣는 거 아니었어?"

"반이 달라. 난 검사 반, 갠 변호사 반."

나는 고개를 끄덕였다. 실제 검사 일은 소유가 훨씬 더 잘할 것 같았지만 토를 달지 않았다. 소유의 안부를 잠깐 묻고 나니 달리 할 말이 없었다. 소유는 한 번 만났어도 늘 만나던 사람처럼 친근하게 느껴진다. 지선은 늘 만났어도 처음 만나는 사람처럼 약간의 거리감이 느껴진다.

침묵이 이어지는 동안 소유와 다녀왔던 팩토리 체험을 생각했다. 팩토리 체험 끝에 소유가 한 말을 생각했다. 지선이 먼저 입을 열었다.

"넌 날 기억 못 하는 것 같더라. 우리 집에서 다시 만났을 때 말이야."

"우와, 넌 기억하니? 우린 네 살 때 헤어졌다는데."

"언뜻언뜻 기억하는 장면들이 있어."

지선이 웃으며 전자 패드를 내밀었다. 스크린을 만지자 사진 한 장이 나타났다. 기초학교 입학 이전에는 브로글 옷을 입는 이 나라의 관행에 따라 나비 무늬가 그려진 브로글용 전통 분홍 바지를 입은 어린 미결정 존재 두 명과 성인 히나 한 명의 사진이었다.

나란히 서서 커다란 야구 글러브를 끼고 웃고 있는 두 명의 미결정 존재를 구분하기는 어렵지 않았다. 젓가락처럼 긴 체형의 존재가 지선일 테고, 땅딸막한 체구에 먹다 남은 수제비를 뜯어다 붙인 듯 엉망진창으로 생긴 존재가 나일 것이다. 자라면서 어릴 적 모습은 사라진다지만 우리 둘의 경우는 철저한 예외였다. 성인 히나의 얼굴은 훌륭했다. 그래서 물었다.

"네 엄마냐?"

내 질문에 지선은 잠깐 놀랐다가 다시 평소처럼 여유롭게 웃었다.

"정말 기억을 전혀 못 하는구나."

"난 머리가 나쁘다니까. 치매도 빨리 올 거야, 아마 60쯤? 물론 그때까지 선한 포기자의 길을 걷지 않고 살아 있다면 말이지."

"넌 열다섯 살도 아직 안 됐어. 선한 포기자라니, 그런 걱정 하기엔 너무 일러. 게다가 의료 기술은 하루가 다르게 발전하고 있잖아."

"나한테 의사가 필요하다는 사실은 너도 인정하는구나."

"미안해. 예를 든 것뿐이야."

"난 떡잎부터 휘청거렸어. 나무가 정상으로 자란다면 그게 더 이상한 일이겠지."

지선은 사진 속 히나를 손가락으로 가리켰다.

"건성으로 보지 말고 자세히 봐 봐."

시키는 대로 고개를 가까이 가져갔다. 히나는 생각했던 것 이상으로 지선과 닮았다. 마른 체형이었고 뿔테 안경을 쓴 얼굴은 지적으로 보였다. 나이는 대략…… 그 순간 중요한 사실을 깨달았다. 사진 속 히나가 지선의 친모였다면 적어도 70대여야 했다. 지선 아빠는 젊은 히나를 고른 적이 없었다.

사진 속 히나는 40대 중후반 정도로 보였다. 논리를 총동원해 생각할 차례다. 지선과 내가 이웃에 살던 시절에 우리와 함께 사진을 찍은 히나가 있다. 어른들끼리 친분이 있던 다른 동네 사람일 수도 있고, 공원에서 우연히 만났던 사람일 수도 있다. 아무래도 가능성이 작은 우연들이다. 설령 그랬더라도 그 사진을 지선이 보여 줄 이유는 없다. 그렇다면 내 엄마라고 생각하는 게 유일하게 올바른 추론일 것이다.

사진을 다시 보았다. 논리적으로는 합당했지만 아무리 봐도 엄마 같지는 않았다. 내 머릿속에 남은 엄마의 이미지는 딱 하나뿐이다. 엄마가 선한 포기자를 선택했던 그날 아침, 서재에 있는 엄마를 처음 본 건 나였다. 엄마는 롤링 체어에 비스듬히 누워 눈을 감고 있었다. 아무리 몸을 흔들어도 일어나지 않았다. 엄마의 몸이 미끄러지는 걸 보고 겁에 질린 나는 소리를 질렀다. 곧바로 아빠가 나타나 나를 안고 밖으로 나갔다. 그것이 엄마에 대한 내 기억의 전부였다.

"엄마구나."

"그래, 네 엄마야. 이제 기억나니?"

여전히 아무것도 기억나지 않았다. 고개를 저었다간 지선이 당황할 테고, 일이 두세 배 복잡해질 게 뻔했다. 나는 단순계의 요구를 따라 그냥 고개를 끄덕였다. 지선은 그럴 줄 알았다는 듯 흐뭇하게 웃었다.

"이상하게 들릴 건 알아. 그런데 난 이 사진을 찍던 날이 아직도 생생하게 기억나. 내 생일이었거든. 사진 속의 야구 글러브, 아줌마가 선물로 주신 거야. 우린 글러브를 끼고 공원에서 공을 던지며 놀았지. 네 살 아이들이 제대로 하기나 했겠니? 아줌마만 바빴지. 이리저리 공 주우러 다니시느라……."

지선은 놀랍도록 생생하게 기억했다. 눈을 감고 지선의 말을 들으면서 머릿속으로 그날 일을 떠올리려고 노력했다…… 효과는 전혀 없었다. 떠오를 기미도 안 보였다. 지선의 회상은 내 기억과 연결되지 않았다. 나는 여전히 아무것도 기억하지 못했다.

"우리 엄마에 대해 더 생각나는 게 있니?"

"한두 가지 기억나는 것들이 있어. 너랑 아줌마 방에서 놀다가 내가 팔꿈치로 아줌마 컵을 깨뜨렸지. 그때만 해도 난 좀 천방지축이었나 봐. 물이 노트북으로도 튀었는데 아줌마가 우리 둘부터 번쩍 안아 올린 일이 생각나. 혹시라도 깨진 유리에 다칠까 봐. 분명 노트북은 못 쓰게 되었을 거야. 그리고…… 이건 긴가민가 희미한데 우리 아빠와 아줌마, 아저씨가 소파에 앉아 이야기를 주고받는데 너랑 내가 탁자 밑에서 놀던 게 떠올라. 신문지로 접은 네모난 딱지가 손에 있었던 것 같고. 다시 말하지만, 기억일 뿐이야. 아주 확실하지는 않아."

"와우, 같은 사람끼리 이렇게 다를 수도 있구나. 역시 넌 떡잎부터 휘황찬란한 존재였구나. 너에 비하면 나는 개미핥기로구나. 어이쿠, 개미핥기에 대한 모독이려나?"

"머리가 좋은 거하곤 아무 관련이 없어."

"뭐야, 지금? 그러니까 네 머리가 나쁘다는 거야? 그럼 난? B328-21 행성 너머 암흑 별에서 온 머리 없는 외계인인 거냐?"

"과거 일에 대한 기억은 머리를 쓰는 것과 전혀 다른 과정이라는 거지."

"골치 아프니까 그냥 너 머리 좋은 거로 합의하자. 자, 합의금 100만에서 우선 100프루트."

나는 지선에게 전자 패드를 건넸다. 소유에게 배운 마임으로 선금 100프루트도 함께 건넸다. 지선이 웃으며 말했다.

"돈은 잘 쓸게. 비록 내 눈에는 안 보이지만. 나머지는 좋은 데 기부해 줘. 사진, 너한테 보내 줄까?"

"됐어. 어차피 아무런 기억도 안 나는, 내겐 무의미한 사진인걸. 갖고 있으면 마음만 심란해질 것 같아."

지선은 더 강요하지 않았다. 전자 패드를 가방에 넣고 호수를 바라보는 지선에게 물었다.

"혹시 네 친엄마 사진도 있냐?"

"친엄마는 내가 태어나기도 전에 아빠랑 이혼했어. 아이는 갖지 않기로 한 게 결혼 조건이었대. 장성한 딸이 여섯 명이나 있었거든."

노후 생활을 즐기기 위해 서드를 들이는 돈 많은 히나로서는 충분히 걸 수 있는 조건이었다. 그걸 모르는 지선 아빠가 아닐 텐데 도대체 왜 지선을 낳은 걸까? 계약을 어긴 셈이니 한 푼도 받지 못했을 텐데. 궁금했지만, 묻지는 않았다. 어떤 질문은 결코 해서는 안 되는 것들이기 때문이다. 지선의 아빠였지 내 아빠도 아니었다.

"그때는 참 행복했던 것 같아."

120살 먹은 노인이 할 법한 늙은 말이었다.

"지금은 안 행복하냐?"

"지금도 행복하지. 나처럼 행복한 미결정 존재가 니르바타에서 몇이나 되겠니?"

소유의 말이었다면 비꼬는 게 틀림없다고 생각했을 것이다. 지선은 삐뚤어진 존재가 아니었다. 지선의 말은 진심의 토로라고 해석하는 게 맞다.

"부럽다, 부러워. 이러면 어떨까? 너도 확 끌릴 거야. 너, 나랑 결혼하자. 티오피도 싫고 직업학교도 싫고, 세컨드, 서드도 다 싫고…… 별따랑, 저의 프러포즈를 받아들이시겠습니까?"

"그럴까?"

"그럴까는 무슨. 너랑 같이 한 방에 있다는 생각만으로도 끔찍하다."

"그렇게 끔찍해?"

"끔찍해, 지렁이보다도 송충이보다도 마늘보다도."

"마늘은 또 뭐냐?"

"그러게. 드라큘라 백작보다 더 싫다는 말로 적당히 이해해 줘라."

지선이 오래간만에 큰 소리로 웃었다. 나는 웃음이 잦아들기를 기다렸다. 한참 전에 꺼내려다가 만 이야기를 꺼냈다.

"우리 해따랑은 어떻게 됐어?"

"뭐가?"

"세컨드 말이야."

"소유가?"

"그래, 걔네 엄마."

"아, 그거…… 아직 그냥 그런가 봐."

그냥 그렇다니, 도대체 뭔 소리인지 감을 잡을 수 없었다. 더 묻지 않기로 했다. 지선의 눈빛이 흔들렸기 때문이다. 지선은 소유 엄마의 세컨드 이야기를 처음 들은 게 분명했다. 어떤 이유에선지 소유는 지선에게 아직 그 사실을 밝히지 않았다. 지선에게 조금 미안했고, 안쓰러웠다. 모르면 모른다고 하면 될 것을 '그냥 그런가 봐'는 또 뭐람. 이왕 거짓말을 하려면 말이 되는 소리나 할 것이지.

지선 입장에서는 제대로 대처할 수 없었을 것이다. 영혼의 단짝 소유가 나한테만 비밀을 털어놓았다는 사실을 절대 인정할 수 없었을 테니. 게다가 임기응변은 지선의 주 종목이 아니었다. 나는 분위기 전환을 시도했다.

“어이 별따랑, 코크 좀 사라. 100프루트 받았으면 화답해야 하지 않겠니?”

“코크는 200프루트인데?”

“그러니까 앞뒤, 좌우 딱 맞는 거래 아니겠니? 거 뭐니, 음…… 안산맞춤?”

“안성맞춤이겠지.”

“그래, 안성탕면이 역시 맛은 있더라. 그런데 손목의 상처는 왜 생겼어?”

지선이 당황해서 화제를 돌릴 것이라 예상했다. 내 예상은 보기 좋게 빗나갔다. 지선은 자판기에서 뽑아 온 신선한 코크를 내게 주면서 책 읽듯 담담한 어투로 말했다.

“3년쯤 전에 지금 같이 사는 엄마랑 크게 싸운 적이 있어. 하도 화가 나서, 정확히 말하면 그 어떤 말로도 논리로도 도저히 이길 수 없는 내가 미워서 커터 칼로 그었어.”

“아쉽게도 성공은 못 했나 보군.”

“피는 꽤 났는데, 무서웠는데, 사람이 그 정도로 죽지는 않더라. 생각보다 상처 크기도 작았고.”

“참고할게.”

“참고는 무슨. 농담이라도 그런 말 하지 마라. 좋은 경험은 전혀 아니야.”

“네 이야기의 결론은 안성은 역시 탕면이고, 코크는 역시 코크다 이거지?"

지선은 어이없다는 듯 고개를 저었고 이내 다시 고개를 흔들었다.

"그렇긴 하네. 안성탕면은 즐기지 않아서 잘 모르겠지만 소유나 네 말대로 코크는 역시 코크인 거지. 가만 보면 넌 어릴 때와 별로 달라진 게 없는 것 같아. 어릴 때도 넌 재미있는 아이였다는 느낌이 남아 있거든."

"내가?"

"그래, 많이 웃었던 기억이 있어."

많이 웃었다고. 내가 재미있어서. 왕따인 내가. 떨거지들로부터도 떨거지 취급을 받는 내가. 유령인 내가. 나는 고개를 아래위로 사정없이 흔들어 내 나름의 방식으로 동의를 표했다. 인정해서 손해 볼 건 없다. 어차피 그 시절에 대해서는 기억나는 게 전혀 없었으므로. 게다가 어릴 때와 별로 달라지지 않았다는 건 부인할 수 없는 진리다. 열다섯 살이 턱밑까지 다가왔지만 하는 짓이라곤 네다섯 살 시절과 크게 다르지 않으므로. 존재의 의미라고는 전혀 알지 못하는 한심한 미결정 존재.

집에 돌아온 나는 아빠에게 물었다. 세상을 떠난 엄마가 나와 지선에게 야구 글러브를 사 준 일이 있는지를 말이다. 무언가를 골똘히 생각하던 아빠는 내게 질문하는 이유를 다시 물었다. 나름의 심사숙고 후 나온 아빠의 대답은 명쾌했다.

"어제 일도 시든 파처럼 흐물흐물한데 그 옛날 일을 도대체 어떻게 기억하니?"

8장

Red Stage

아빠는 다른 날보다 한 시간 늦게 귀가했다. 급히 들렀다 올 곳이 있었다고 했다. 피비와 나의 관심은 아빠의 손에 들린 아이스크림에 있었다. 오늘의 주제어는 아이스크림. 텔레파시는 실제로 존재하는 걸까? 우리는 아빠 몰래 웃음을 주고받았다.

옷을 갈아입고 나온 아빠는 식사를 준비할 기운은 없으며 저녁으로 프라이드치킨을 주문한다고 통보하듯 말했다. 음식 앞에서는 다른 사람이 되는 피비의 모습이 떠올랐다. 서둘러 두 마리, 감자튀김 추가를 외쳤다.

누군가 창문을 통해 엿보았다면 엄마와 아빠와 아이가 있는 평범한 가족을 보았을 것이다. 우리는 타고난 배우였다. 대본에 적힌 대로 완벽하게 연기하는. 소파에 나란히 앉아 TV를 보면서 말없이 치킨을 먹었다. 히나 셋과 브로글 셋이 친구로 나오는 철 지난 SF 코미디였다. 피비는 처음부터 계속 킥킥거렸고, 나는 두세 번 정도 소리 없이 웃었다. 아빠는 내내 무표정했다. 정신이 다른 곳에 가 있는 사람 같았다.

아빠는 피비가 마지막 치킨 조각을 입에 넣는 것을 확인하고는 TV를 껐다. 피비가 울상을 지었으나 모른 척하고 흔들의자로 자리를 옮겼다. 개회 선언을 했다. 우리는 이야기할 필요가 있다고 말했다. 둘씩, 둘씩이 아니라 셋이서 머리를 맞대고 진지한 이야기를 나눌 시간이 되었다고.

아빠는 완벽한 진행자였다. 미리 준비한 물건을 탁자 위에 올려놓았다. 신분증이었다. 사진은 피비였다. 사진 아래 이름은 피비가 아니었다. 피비는 신분증을 들어 이리저리 살펴보았다.

"잘 만들었네."

피비는 주머니에서 뭔가를 꺼냈다. 역시 피비의 신분증이었다. 사진도 이름도 완벽한. 피비는 숨은그림찾기에 몰두한 사람처럼 두 신분증을 신중하게 비교했고 마침내 만족한 웃음을 지었다. 나는 내 눈앞에서 일어난 일의 의미를 그제야 정확히 이해했다. 아빠는 피비에게 새 신분증을 만들어 준 것이다. 이해했다고 했지만 완벽한 답을 얻은 건 아니었다. 내 머릿속엔 의문 부호가 가득 찼다. 의문 부호는 내 어깨를 붙잡고 자꾸 아래로, 아래로 끌어내렸다. 의문 부호의 바다에서 꼼짝없이 익사할 판이었다.

아빠가 변호사 사무소에 다닌다는 사실은 이미 밝힌 바 있다. 변호사지만 변호사 일을 할 수는 없어서 자료 조사원으로 있다고도 설명했다. 그런데 새 신분증이라니. 신분증 제조, 아니 위조는 변호사 업무에도 자료 조사원 업무에도 속하지 않는다. 피비의 태도는 자연스러웠다. 정확히 일어나리라 예상했던 일을 마주한 사람처럼.

이마에 진한 깨달음의 물방울이 한 방울 똑, 떨어졌다. 피비가 우리 집을 찾아온 건 아빠가 오랜 친구였고 자신의 단짝 시드니와 가족을 이루어 살았기 때문만은 아니었다. 아빠는 피비에게 꼭 필요한 사람, 즉 피비를 죽음의 늪에서 건져 줄 탈출 선문가였다. 나는 순진해도 너무 순진했다. 인정과 우정과 추억의 관점으로만 사건을 파악하려 했다. 처음부터 방향을 잘못 잡았다. 아, 나는 역시 머리가 나빴다. 벌써 삶이 힘들고 고독한 데에는 이유가 있다. 그래서 외쳤다.

"악의 3인방이라고 불린 진짜 이유로군요."

피비가 천진난만하게 웃었다. 눈 주위에 힘을 주며 말했다.

"악의 3인방. 정말 오래간만에 들어 보는 그리운 별명이네. 전성기엔 매일같이 듣다시피 했는데. 우린 끝내줬지."

말이 더 이어지길 기다렸다. 없었다. 뭔가 억울해서 즉흥적으로 연기했다. 얼굴을 일그러뜨리고 악을 썼다.

"그게 다인가요? 이건 범죄 아닌가요? 나도 이 집의 구성원이라고요. 둘 중 누군가는 나에게 설명을 제대로 해 주어야 하는 거 아닌가요?"

아빠가 말했다.

"흥분할 거 없어. 어설픈 연기도 하지 마. 별거 아니니까. 예전에 신분에 약간의 문제가 있었던 팩토리 노동자들에게 서비스로 해 주던 일일 뿐이야. 직업학교를 졸업하고 그 지역 팩토리에 얌전히 다니는 경우는 절반 정도밖에는 안 돼. 직업학교를 그만두었다가 다시 다니기도 하고, 더 나은 팩토리로 옮기는 일도 자주 발생하지. 팩토리를 평생직장으로 여기는 사람은 없으니까. 게다가 팩토리 관리부는 일 처리가 한심하기로 유명하니 어느 순간에는 문제가 생기기 마련이야. 우리는 그런 문제를 깨끗하고 매끄럽게 처리해 주었을 뿐이지. 손질하고 보강하고 윤을 내 주었을 뿐이지. 그런데도 팩토리 관계자들은 우리의 부가 서비스를 무척 싫어했지. 일을 오히려 복잡하고 혼란스럽게 만든다면서. 그 사람들 마음도 이해해. 틀에 박힌 인간들은 법의 경계를 넘나드는 유연한 대처를 몹시 싫어하기 마련이거든. 하지만 어쩌겠니? 모든 사람을 만족시킬 수 있는 묘수란 현실에는 없다."

아빠로서는 최선의 설명이었을 것이다. 어떤 사안이 됐건 이렇듯 길게 이야기한 적은 없었다. 명쾌하지는 않았다. 들으면 들을수록 더 헷갈리기만 했다. 변호사 사무소가 이렇듯 서비스 정신이 충만한 곳이었나? 내가 이해한 게 올바르다면 변호사 사무소보다는 범죄 중개소에 더 가까웠다. 사문서도 아닌 공문서 위조라니. 아니, 공문서 위조까지 할 정도였다면 사문서는 일도 아니었을 것이다. 그런 일들이 정말로 별거 아닌 걸까? 그냥 서비스인 걸까? 그렇다면 도청도 사실은…….

"피비, 자세히 살펴봐. 나중에 문제가 생겨도 그때는 해결할 수 없어."

"정교한데. 옛날 솜씨 그대로네. 5세대 복합 X선 투과기 통과도 문제없겠지?"

"지금은 6세대고 그건 기본."

"잠깐만 멈춰 봐요. 이건 너무 갑작스러운 전개잖아요?"

"네 의견은 알았다. 이제 다음으로……."

아빠는 나를 무시하고 가속 엔진을 밟으려 했다. 피비가 아빠를 제지했다. 손바닥을 펼쳐 좌우로 한 번 흔든 후 자신을 향해 흔들었다. 아빠는 "짧게."라고 말하고 고개를 끄덕이고는 흔들의자에 기대어 오래 눈을 감았다가 떴다. 시작 신호로 받아들인 피비가 이야기를 시작했다. 출발점은 역시 시드니였다.

불세출의 천재 시드니는 모두가 예상한 대로 법률학교를 수석으로 졸업했다. 찬사와 영광은 없었다. 졸업생 대표 연설은 특별한 이유도 없이 차석에게 돌아갔으며, 시드니는 몸이 아프다는 이유를 들어 동창회 주최 축하 모임에도 불참했다. 시드니의 자의는 아니었을 것이다. 선물은 있었다. 커다란 불이익이라는 이름의 특별한 선물. 최우수 졸업생 시드니에게 손을 내미는 대형 법률 회사는 단 한 곳도 없었다.

보다 못한 피비가 나섰다. 피비는 자신을 원하는 대형 법률 회사들을 마다하고 (피비의 성적은 중상이었으나 배경 좋은 피비는 완벽한 지원자였다.) 중소 법률 회사들을 두드렸다. 조건은 하나, 자신과 시드니를 함께 채용하는 것. 호박을 넝쿨째 주는 파격적인 조건에 가까웠지만, 성사는 쉽지 않았다. 회사의 안위와 관계되는 미묘한 안건이었다. 잘못하다간 역풍을 맞을 수도 있었다. 갑작스러운 세무 조사 같은.

발로 뛴 효과는 있었다. 네다섯 곳에서 연속으로 딱지를 맞고 절망하던 차에, 설립된 지 얼마 되지 않은 신설 법률 회사 한 곳에서 피비의 제안을 받아들였다. 위험을 감수한 일이었던 만큼 그쪽에서도 조건을 내밀었다. 정규직이 아닌 계약직. 의무 연수 기간 2년 후 계약은 해마다 연장. 불미한 사태가 벌어지면 언제든 해지. 시드니는 굴욕스러운 제안을 아무 말 없이 받아들였다. 피비가 말했다.

"이유는 하나. 시드니는 약자를 돕기 위해 변호사라는 직업을 선택했어. 목표는 우선 자신의 이름을 건 사무소, 브로글과 사회적 약자들이 마음껏 드나들고 도움을 받을 수 있는 사무소를 차리는 것. 법률 회사 취업은 목표를 달성하기 위한 수단에 지나지 않았어. 익숙하지 않은 시스템을 파악하기 위해 거쳐야 할 일종의 정거장이었을 뿐."

천재 시드니에게 연수 기간은 1년으로 충분했다. 그 1년 동안 시드니는 자신이 목표로 한 팩토리 시스템의 거의 모든 것을 파악했다. 실제로 변호사 사무소를 차린 건 몇 년 후였다. 두 가지 문제가 시간을 빼앗았다. 첫째, 시드니는 천재였으나 동업자 피비는 노력형에 가까웠다. 부유한 가정에서 자라난 피비에게 팩토리는 아무래도 생소한 곳이기도 했고. 그랬기에 피비는 습득이 느렸다. 피비가 물었다.

"시드니의 또 다른 문제는 뭐였을까?"

"사람을 대하는 능력 아닐까요?"

"정답. 시드니는 사람을 무척 어려워했어. 원래 성격도 내성적인데다가 살아오면서 줄곧 당해 온 무자비한 차별이 주변을 경계하고 안으로 파고드는 성향을 더 강화했지. 변호사 사무소란 변호사와 사무실이 전부가 아니야. 사무소를 중심으로 거미줄 같은 정보망이 제대로 만들어져 있어야만 기능을 발휘하지. 정보망의 핵심은 당연히 사람이고."

사람을 찾는 일은 피비의 몫이었다. 피비 또한 사교적인 사람은 아니었다. 시드니가 아니었다면 직접 나서지는 않았을 것이다. 피비는 이 또한 노력의 힘으로 밀어붙였다. 깨지고 부딪히면서 한 발짝, 한 발짝 앞으로 나아갔다. 사건을 통해 알게 된 노동자들을 연결해서, 점을 선으로 만들면서 인적 정보망을 구축해 나갔다. 일은 더뎠고, 피비는 지쳤다. 노동자들은 다른 세계 사람인 변호사 피비에게 쉽사리 마음을 열지 않았다. 그러다가 만난 사람이 바로 아빠였다. 우연이었다. 행운이었다. 아빠는 피비가 전혀 예상하지 못했던 엄청난 금맥이었다.

아빠는 팩토리 몰래 노동자들에게 여러 가지 무료 서비스를 베풀고 있었다. 변호사 자격만 없었지, 실은 팩토리에 상주하는 변호사나 마찬가지였다. 아빠가 합법적인 일만 하지는 않았으리라는 건 짐작할 수 있을 것이다. 다시 말해야겠다. 아빠는 팩토리의 비공식 변호사 사무소와 흥신소 사무소를 차린 베테랑 특수요원이었다. 피비가 말했다.

"시드니와 나는 면접을 봐야 했어. 아빠의 질문이 어찌나 날카로웠는지 법률 학원으로 돌아간 느낌이었다니까. 시드니야 당연히 척척 답변했지만 나는 절반 정도는 우물쭈물했지. 실력도 실력이지만 무척 긴장했거든. 말하는 것만으로도 부끄러워지네."

피비는 동의를 구하듯 아빠를 보았다. 아빠는 냉정하게 말했다.

"그게 실력이지. 설명은 충분한 것으로 보이니 이제 논의하고 결정할 시간. 먼저 호머에게 사과하고 싶다. 어제 우리는 일단 보류를 선택했다. 새 신분증을 만들었다는 건 3순위의 행동, 즉 숨겨 주고 도피처를 제공하는 일에 해당된다. 내 마음대로 비용을 지출하고 위험 수준을 높인 점에 대해서 사과하고 싶다. 사과를 받아 주겠니?"

아빠는 마치 거실에 피비가 존재하지 않는 것처럼 행동했다. 피비의 이야기는 배경지식과 각주로만 취급했다. 아빠는 곧장 본론으로 진입했다. 페이스에 말려든 나는 무심코 고개를 끄덕였고, 아빠는 페달을 밟아 다음 단계로 나아갔다.

"그렇다면 이제는 당신 차례. 우리는 피비 당신을 위해 비용을 지출했고 위험을 감수하고 있어. 사람들에게 늘 따뜻했던 당신의 훌륭한 인간성으로 볼 때 우리를 지속적인 위험에 빠뜨리거나 무한 경비를 지출하게 만드는 일을 원할 것 같지는 않아. 내 말에 동의?"

피비는 아무 말도 하지 않았다. 아빠는 고개를 끄덕이곤 말을 이어 갔다.

"T 지구 변방 베델로 가는 차편도 준비해 놨어. 그곳에서 경비행기를 타고 국경을 통과하면 그걸로 끝. 당신은 자유야."

말을 마친 아빠는 피비를 보았다. 피비는 웃었다. 그립게, 천진난만하게. 아빠는 웃지 않았다. 피비가 짧게 한숨을 쉰 후 말했다.

"급한 성격은 여전하구나. 여전해서 좋기는 하지만."

"늘 그런 건 아니야. 상황이 급하니까 대처도 급할 수밖에."

"며칠 여유 있는 거 잘 알잖아."

"알아듣기 쉽게 말할까? 이 며칠이 당신 인생의 마지막일 수도 있어."

"알았어. 비용과 위험을 감수하게 만든 것에 대해서는 미안하게 생각해. 대가는 치를게. 위험 감수는 당장은 어쩔 수 없고 원한다면 비용에 더할게. 하지만 기왕 받아들였으니 2, 3일 더 머무르며 생각하게 해 줘. 당신 말대로 차분하게 살아갈 수 있는 마지막 시간이니까."

"조언 하나 할까?"

"하지 말라고 해도 하겠지."

"그런 시간을 원했으면 똑바로 했어야지. 기본 수칙 같은 건 싹 다 잊었어? 조치를 어떻게 했기에 집 주위에 경찰이 바글바글하냐고. 악한 도망자라고 얼굴에 써 붙이고 다녀도 지금보다는 낫겠다. 설마…… 감시받고 있다는 사실도 전혀 몰랐던 건 아니겠지?"

Blue Stage

살면서 다시 경험하기 어려운 특별한 하루였다. 두 가지 사건이 내게 다가왔다. 말 그대로 사건들이 나를 찾아왔다.

첫 번째, 동네 편의점에서 팩토리 안내원을 만났다. 심각한 표정으로 빵을 고르고 있었다. 첫눈에 알아보았다. 흰 피부와 선이 가느다란 이목구비를 지닌 얼굴은 팩토리 밖에서는 더욱 눈에 띄었다. 검은색 정장을 입고 있었기 때문인지도 모르겠다. 흑백의 명확한 대비는 논리정연한 기하학을 떠올리게 했다. 지은 죄가 있었기에 아는 체하고 싶지 않았고, 사실 깊이 고민할 관계도 아니었다. 고개를 푹 숙이고 잰걸음으로 안내원 곁을 지났다. 진열장에서 맥주를 꺼냈다. 단호한 목소리가 들려왔다.

"기초학교 학생이 맥주를 마시면 안 되지."

반말이라는 점이 처음 만났을 때와 달랐다. 아빠를 위한 맥주라는 변명은 아이들 가득한 학교 운동장에서 나는 바보라고 큰 소리로 선언하는 격이었다. 맥주를 제자리에 놓았다. 옆 진열장으로 옮겨 코크만 빠르게 집어 들었다. 계산을 마친 후 밖으로 나왔다. 안내원이 형사처럼 곧바로 나를 추격했다. 안내원은 내게 맥주를 건넸다.

"맥주를 사러 왔으면 사야지."

"오해하지 마세요. 아빠 맥주예요."

"알아."

"네?"

"한눈에 보기에도 모범생이잖아."

"제가요?"

"그래."

"아닌데요."

"맞아."

칭찬인지 욕인지 헷갈렸다. 맥줏값을 치르려 지갑을 꺼냈다. 안내원이 고개를 저었다.

"괜찮아. 선물로 생각해 줘. 우리 아빠도 맥주만 마셨거든."

"선물을 주고받을 아름다운 사이는 아닌 것 같은데요."

"왜?"

내가 계속 답을 해야 하는 처지에 몰렸다. 좋지 않은 징조다.

승산도 희박하고. 나는 그냥 입을 다물기로 했다. 안내원이 무심한 제안을 툭 건넸다.

“정 마음에 걸리면 잠깐 말동무나 해 줄래? 브로글이 혼자 길거리에서 뭘 먹으면 다들 뭔 일이라도 난 것처럼 이상한 눈으로 쳐다보니까. 난 말이지, 희귀종 바퀴벌레는 아니거든.”

그 정도라면. 고개를 끄덕였다. 안내원은 편의점 앞 의자에 앉아 빵 봉투를 뜯었다. 보답 차원에서 코크를 건넸다. 안내원은 고개를 저었다. 가방에서 물통을 꺼내 흔들어 보였다. 쓸데없는 소리가 튀어나왔다.

“안나 웜홀은 말이지요…….”

“뭐라고?”

나는 코크를 한 입 마셨다. 코크의 힘을 빌려서 사과했다.

“전에는 미안했어요.”

“왜 네가 사과해? 네 잘못도 아니잖아.”

“친구니까요.”

“친구…….”

“나쁜 애는 아니에요. 도대체 왜 그랬는지 저도 잘 모르겠어요.”

“그래, 나쁜 애는 아니겠지.”

“정말이에요. 많이 이상한 건 알아요. 곁에 있으면 정신이 하나도 없지만 나쁜 쪽하고는 거리가 멀어요.”

“대변인처럼 나서서 변명하지 않아도 돼. 나도 사람은 어느 정도 볼 줄 알거든. 기분 나쁜 일이 있었나 보지. 가끔 그런 미결정 존재들이 있어. 괜히 와서 화풀이하는. 어쩌면 그것도 우리 일의 일부인지도 모르겠어."

내뱉는 말은 여전히 단호했다. 얼굴은 피곤해 보였다. 지금 보니 처음 보았을 때보다 몇 년은 늙어 보였다. 이상했다. 옷도 유니폼보다는 훨씬 고급스러웠고 엷은 화장도 얼굴에 잘 어울리는데. 모르겠다. 팩토리 최고의 꿀보직이라는 안내원 자리도 보기만큼 편하지는 않은 것 같았다. 하긴, 사람을 상대하는 일이 다 그렇지. 침묵의 미덕을 아는 과묵한 냉장고 문짝을 다는 게 오히려 마음은 더 편할지 모르겠다. 콤플렉스 덩어리 저질 관리자만 없다면. 문짝에 깔리지만 않는다면. 동료들만 괜찮다면. 이런, 조건이 너무 많나? 한동안 아무 말도 오가지 않았다. 조금 초조했다. 무난한 쪽으로 화제를 돌렸다.

"유레카 출신을 여기서 만나게 되네요. 저도 니르바타에 온 지 얼마 안 됐어요."

"난 유레카 출신이 아니야."

"네?"

"유레카가 정확히 어디 있는지도 몰라. 난…… 산토에서 나고 자랐어."

"그럼?"

"갑자기 유레카라는 이름이 떠올라서 말했을 뿐이야. 굳이 산토 출신이라는 사실을 밝히고 싶지도 않았고. 이상해?"

"이상하지는 않아요."

"미안해."

"저한테 미안해할 이유는 전혀 없어요. 사적인 대화 도중에 출신지를 속인 게 죄는 아니잖아요. 따져 보면 굳이 그런 걸 물어본 쪽이 이상하다면 더 이상하지요. 그런데 유레카 면적은 어떻게 알았어요? 지리를 좋아해요?"

안내원은 소리 내어 웃었다. 웃는 모습을 보니 아직 기초학교 학생처럼, 미결정 존재처럼 보였다.

"넌 참 착하다."

칭찬인지 욕인지 헷갈렸다. 오늘따라, 정확히 말하면 안내원과 만난 후로 유독 머리 회전이 느려진 나는 그제야 깨달았다. 떠오르는 이름을 그냥 말했다면 면적이 두 배 어쩌고저쩌고한 말도 당연히 거짓일 것이다. 사실 여부를 검증하겠다고 덤비는 인간은 아무도 없을 테니. 나는 하하하, 인공적으로 웃으며 말했다.

"이제야 알겠네요. 다 거짓말이었군요."

"하하하, 당연히 거짓말이지."

"산토는 어떤 곳이에요?"

"유레카 면적의 절반이 되는 곳이지."

"지리란 건 생각보다 단순하군요. 모를 때는 두 배, 혹은 절반."

"그래. 두 배, 혹은 절반이라고 하면 웬만해서는 틀리지 않아.

실은 1.8배라며 따지고 드는 사람도 없고.”

안내원은 곧바로 화제를 돌렸다.

“히나? 브로글?”

솔직한 질문이었다. 니르바타 상공에는 솔직성 입자를 뿌려 대는 비행선이 날고 있나 보다. 히말라야보다 높은 곳에서 유에프오처럼 움직이면서. 프라이버시를 내세워 답변을 거부할 수도 있었지만 솔직하게 말했다.

“지금 단계에선 브로글로 결정될 확률이 90퍼센트 이상이에요. 추첨일이 아직 세 번 남았지만, 원래부터 그쪽하고는 좀 인연이 없는 편이에요.”

“아예 기대하지 않는 게 정신 건강에 훨씬 좋아. 운이 좋아서 당첨되어도 문제지. 나머지 두 점수가 기준 이하면 사회에서 히나로 제대로 인정을 못 받아. 팩토리에서 만만한 브로글 노동자들만 괴롭히는 찌질이로 살다가 일생을 마감하는 게 그나마 최고 코스겠지.”

안내원의 말은 사실이었다. 자산 점수와 성적 점수로 히나가 된 이들과는 달리 번호를 잘 뽑아 히나가 된 이들에겐 평생 꼬리표가 따라다닌다. 승진과 임금 등에서 눈에 보이는 차별을 받는 건 오히려 사소한 문제다. 여타 히나들에 비해 자산과 두뇌 모두 현저히 부족하므로 어렵게 얻은 히나의 삶을 제대로 누리며 살기가 쉽지 않기 때문이다. 자산과 성적에 당첨의 행운까지 얻은 히나들이 트리플 크라운으로 인정받으며 승승장구하는 것과는 대조가 된다. 당첨된 네 개의 숫자가 창조하는 기묘한 아이러니.

하긴, 그래도 히나는 히나다. 위를 보지 않고 아래를 보며 살면 된다. 마음만 바꿔 먹으면 제왕처럼 지낼 수도 있다. 규모는 작아도 궁궐은 궁궐이다. 찌질이건 뭐건 간에.

"직업학교는 어때요?"

안내원이 내 눈을 똑바로 보며 대답했다.

"루저 정신이 차고 넘치는 아이들만 수집해서 모아 놓은 학교가 어떨 것 같니?"

짧고 충분한 대답이었다. 밝은 미래를 꿈꾸며 직업학교에 다니는 브로글이 노대체 어디에 있겠는가? 어떤 길은 원해서 가지만 어떤 길은 어쩔 수 없이 가는 법이니. 설명이 간명하고 아름답다. 언어에 재능이 있는 아빠라도 이렇듯 완벽하게 요약하지는 못했을 것이다. 이 안내원에겐 어딘지 모르게 독특한 구석이 있다. 더 알고 싶어지는. 더 말하고 싶어지는.

안내원은 빵을 다 먹었고 나는 코크를 다 마셨다. 안내원이 먼저 일어났고 내가 따라 일어났다. 안내원이 내미는 손을 잡으며 말했다.

"믿지 않겠지만 니르바타에서 나눈 대화 중 톱 스리 안에 드는 대화였어요."

"칭찬?"

"네, 칭찬."

"넘버원은 아니네?"

"그럼 넘버원으로 하지요, 뭐."

안내원은 뭔가를 말하려다 말고 고개를 끄덕였다. 저층 아파트 단지로 몇 걸음 걸어갔던 안내원이 다시 돌아왔다.

"그때 걔…… 이름이 뭐니?"

"소유예요. 아까도 말했지만 나쁜 애는……."

"역시."

"네?"

"걔 말이 다 맞아. 나 결혼해. 괜찮은 히나를 하나 낚았거든."

"괜찮다 함은?"

"자산 풍부하고, 적당히 속물인. 요양원에 거주하지는 않아. 아직 건강하거든. 불행인지 다행인지는 모르겠지만."

"그렇군요. 괜찮군요. 나쁘지 않아요. 이런 말 하긴 좀 그렇지만 그래도 먼저 죽겠지요."

"한심하지? 경멸스럽지?"

"아니에요, 축하해요."

"축하는 무슨. 세컨드의 삶이 뭐 대단하다고."

"우와, 서드도 아니고 세컨드. 정말 훌륭한 조건 아닌가요?"

안내원은 고개를 젓고는 속내 비슷한 것을 털어놓았다.

"비록 브로글이 되기는 했어도 결연하게, 꿋꿋하게 살자고 결심했어. 혼자서 버티자고, 쓰러지지 말자고. 잘 안 되더라. 맞서는 것도 아니고 그냥 서 있는 건데, 너무 힘들어."

안내원은 하늘을 보았다. 나는 충동적으로 물었다.

"또 볼 수 있어요?"

"뭐하러?"

"그러게요. 취소할게요. 그냥 해 본 말이에요."

"내가 만만해 보이니?"

"아닌데요, 절대."

"네가 싫지는 않아. 재미있는 구석이 제법 많으니까."

"친구해요. 싫으면 선배, 후배."

안내원은 내 얼굴을 빤히 쳐다보았다.

"여기 오기 전에 기르던 열대어를 동네 개천에 다 버리고 왔어. 걔네들은 아직 살아 있을까?"

"글쎄요."

"그렇지?"

"그렇죠."

"인연이면 또 만나겠지."

안내원은 내 시야에서 빠르게 사라졌다. 뭔가 아쉬웠고 기분이 조금 가라앉았다. 마치 내 우울한 미래, 그래서 도리어 친근한 미래가 나에게 슬쩍 말을 걸었던 느낌. 안내원에게 또 보고 싶다고 말한 이유였을 것이다.

브로글이 된다는 것의 의미가 비로소 실감이 났다. 추상화가 구상화로 바뀐 시점. 모호한 부분이 돌연 확실해진. 아마 나는 안내원처럼 살지도 못하겠지. 돌멩이 하나를 집었다. 주차 중인 자동차를 겨냥했다. 마지막 순간 내려놓았다.

뛰다시피 집으로 돌아왔다. 문을 열자마자 "아빠, 맥주 사 왔어. 공장에서 갓 뽑아 온 신선한 맥주!" 하고 평소보다 크고 밝은 목소리로 외쳤다. 아빠는 보이지 않았다. 적당한 곳에 맥주를 내려놓으려는데 탁자 위에 놓인 종이 한 장이 눈에 띄었다. 오른쪽으로 살짝 누운 아빠 특유의 글씨체가 보였다.

단검 한 자루면 자신을 끝낼 수 있을 텐데 누가 견디겠는가, 이 무거운 짐을!

오필리아[+]의 독백이었다. 갑자기 웬 셰익스피어, 고개를 갸웃하는데 물소리가 들렸다. 화장실이었다. 물소리가 불길했다. 물소리엔 분명 감정이 실려 있었다. 문을 두드렸다. 대답은 없었다. 문을 살짝 밀었다. 문은 잠겨 있지 않았다. 아빠는 바닥에 누워 있었다. 그 와중에도 빙긋 주름지게 웃으며 나를 보았다. 샤워기는 틀어져 있었고, 아빠의 손목에서는 피가 흘렀고, 바닥에는 커터 칼이 있었다. 제기랄, 우리 집 화장실에서 범죄 드라마를 생방송으로 보게 되다니. 이것이 바로 두 번째 뜻밖의 사건이었다. 기쁨이나 보람과는 거리가 먼.

+ 우리 세계에서는 햄릿이라 부른다.

9장

Red Stage

알고 보니 피비는 사람 속을 긁는 데 천재였다. 처음부터 끝까지 우물쭈물하고 흐리멍덩한 태도를 보인 피비의 모습에 아빠는 평정심을 잃었다. 아빠는 의장의 권한으로 결정을 내렸다.

"24시간 안에 떠나."

피비는 한 박자 느리게 반발했다.

"감시가 붙었는데 어떻게?"

몹시 곤란한 표정으로 불만을 제기했다. 아빠는 한숨을 쉬었다. 하나부터 열까지 다 알려 줘야 하느냐고, 50이 코앞이니 그런 정도는 알아서 처리하라고 대답했다. 쉰은 지천명으로 불리기도 한다는 걸 지적하는 것도 잊지 않았다.

"하늘의 명령을 깨닫는 건 바라지도 않아. 제발 정신이나 좀 차려. 냉정하게 생각하란 말이야."

피비는 잠깐 생각한 후 다시 말했다.

"싫어."

우물쭈물과 흐리멍덩의 면모를 일신한, 짧고 간결한 대답이었다. 오해의 여지도 전혀 없었다. 목소리는 단호하기까지 해서 아빠는 물론 나도 당황했다. 아빠가 다시 물은 건 제대로 듣지 못해서는 아닐 것이다.

"뭐라고?"

"싫다고."

"그러니까 못 떠나겠다?"

"떠날 거야. 24시간 안에는 아냐."

"그럼?"

"며칠 더 있을 거야. 나 스스로 이만하면 됐다고 여길 때까지."

"절간에 참선이라도 하러 온 줄 알아? 우린 중이 아니고 일반인이야. 깨닫고 말고 할 것도 없어. 지금 당신 목숨이 간당간당하다니까. 우리에게도 무척 위험한 일이 되었고."

"내 목숨은 내가 걱정할게."

"뭐라고?"

"내 목숨은 내가 알아서 한다고."

"기가 막히네. 그럴 걸 왜 여기로 왔어?"

"난 말이지, 죽는 게 하나도 무섭지 않아."

피비의 동문서답에 나는 하마터면 웃을 뻔했다. 아빠는 입술을 깨물었다. 그리고 물었다.

"원론적인 질문. 죽는 게 하나도 무섭지 않으면 도대체 왜 악한 도망자가 된 거야?"

"사람 마음이 원래 오늘 다르고 내일 다르고 그런 거 아닌가?"

"지금 농담해?"

"농담이 아닌 깨달음. 참선은 절간에서만 하는 게 아니거든."

"옛날 생각이 나네. 당신이 남의 말을 귀담아듣지 않는다는 걸 잊고 있었어. 결국엔 자기 마음대로 한다는 것도. 알았어. 더 언성 높이고 싶지 않다. 농담이건 깨달음이건 간에 결정권은 나에게 있어. 확실하게 말할게. 내일 저녁엔 우리 집에서 당신 얼굴을 보지 않았으면 좋겠어. 그러니까 알아서 해."

"자꾸 그러면……."

"자꾸 그러면 뭐?"

"비밀을 말하는 수밖에. 터뜨리는 수밖에. 괜찮겠어?"

"당신 비밀이 아냐."

"그건 알아. 우리 모두의 비밀이지."

"당신 지금 협박하는 거야?"

"부탁이라고 말하려 했지만, 협박도 나쁘지 않네."

"그게…… 친구라는 사람이 할 소리야? 그것도 십몇 년 만에 도움을 요청하러 나타난 사람이? 마음대로 해."

"사흘. 사흘 후에 깨끗이 사라질게."

"이 인간이……."

"옛날 그대로지?"

아빠의 단호한 거절을 예상했다. 폭력도 생각했다. 아빠는 타협하지 않는다. 끝까지 밀고 나간다. 물불 가리지 않는다…… 아빠는 고개를 끄덕였고 피비는 흐리멍덩과 천진난만의 중간 정도로 웃었다. 팽창할 대로 팽창했던 삼자 회담의 분위기는 갑자기 바람 빠진 풍선 꼴이 되어 버렸다.

오랜만에 기초학교에 갔다. 주사위도 던지지 않고, 내 의지로. 피비가 일등 공신이었다. 좁은 집 안에서 둘이 부대끼며 시간을 보낼 것을 생각하니 머리가 아찔했다. 첫날은 잘 모르니까 함께할 수 있다. 상대를 어느 정도 파악한 후에는 쉽지 않다. 좋고 싫은 것과는 다른 개념이다.

기초학교는 변한 게 없었다. 공백은 느껴지지 않았다. 나에게 말을 거는 아이도 없었고, 눈짓으로라도 궁금증을 보내는 아이도 없었다. 화장실에서 나를 정면으로 바라본 아이의 눈빛에는 경멸이 가득했다. 그래도 내가 누구인지는 안다는 증거. 속으로 감사의 인사를 보냈다.

망상에 빠지거나 창밖을 보면서 적당히 시간을 보내다가 하교했다. 나른한 피곤함이 전신을 감쌌다. 명상과 여유가 인생을 활기차게 만든다고 말한 사람은 누구인가? 정상적으로 학교생활을 하는 아이보다 열 배는 지쳤다. 크게 하품을 하는데 교문 앞에서 반갑게 손 흔드는 사람이 보였다. 피비였다. 약간 기뻤고, 약간 가슴이 덜컥거리며 내려앉았다. 도대체 손은 왜 흔드는 걸까?

피비만 나를 기다리는 건 아니었다. 피비 오른쪽으로 10미터가량 떨어진 지점, 전날 보았던 덜떨어진 경찰 둘이 담배를 피우며 서 있었다. 둘은 나를 알아보았다. 피비와 달리 손을 흔드는 경망은 보이지 않았다. 공무원다운 처신! 피비는 고개를 돌려 그들을 보았다. 어쩔 수 없었다는 듯 어깨를 으쓱했다. 갑작스러운 환영 인파의 등장이었다. 이런 걸 '성황리에'라고 하는 건가? 전혀 기쁘지 않았다. 관객 서넛이 하품하며 졸고 있는 엉성한 가설무대에 선 기분. 심각한 상황이었다. 웃음을 참기는 어려웠다. 왠지 블랙 코미디 같아서.

피비와 나는 머리를 맞대고 상의했다. 불청객 둘을 따돌릴 묘책? 그런 건 안중에 없었다. 그냥 오늘의 일정에 대해. 기왕의 외출, 우리는 즐거웠으면 했다. 쇼핑몰 구경을 하기로 합의를 봤다. 얼마 전에 문을 연 새 쇼핑몰이 가까이 있었으니까. 할 바엔 제대로 하자고 결의했다. 쇼핑 중독자처럼 이 가게 저 가게 가벼운 발걸음으로 누비고 다니면서 흥청망청 시간을 보내기로 했다. 기쁨을 두 배로 만들려면 적정한 소비는 필수, 손에 잡히는 물건이 있어야 행복이 배가되는 법. 피비는 나이키 러닝화를 샀다.

피비는 무척 신중한 고객이었다. 10년 신을 신발을 고르는 사람처럼 이 신발, 저 신발을 비교해 가며 꼼꼼히 살폈다. 냄새도 맡아 보았고 손가락을 넣어 빙빙 돌려 보기도 했다. 30분의 꼼꼼한 탐구 끝에 마침내 손을 들어 사겠다는 의사를 밝혔을 때 나 또한 종업원만큼이나 기뻤다. 피비는 새 신발이 마음에 쏙 들었던 것 같다. 새 신발로 갈아 신은 후 흡족하게 웃으며 나에게도 한 켤레 사 주겠다고, 가격에 구애받지 말고 고르라고 선심을 쓴 걸 보면.

신발 같은 건 필요 없었다. 달리기는 좋아하지도 않는다. 그러나 뭔가 구체적인 물건을 내 품에 안기겠다는 피비의 의지는 굳건해 보였다. 논쟁하고 싶지는 않았다. 기왕이면 아디다스, 하고 눈에 보이는 대로 아무렇게나 말했다. 나이키 매장 옆 아디다스 매장에 들어가 워킹화를 샀다. 시간? 5분도 걸리지 않았다. 첫 번째 신발을 신어 보고 오케이 사인을 냈다. 피비는 진심으로 서운해하는 눈치였다.

"고르는 과정도 쇼핑의 일부라니까. 부분과 부분이 제대로 합쳐져야 완벽한 전체가 되는 법인데, 신발 끈과 고무 바닥만으로는 아무래도 곤란해."

피비는 말이 되는 것도 같고 안 되는 것도 같은 이상한 말을 중얼거렸다. 나는 깨끗이 무시했다.

새 차를 샀으면 시승을 해야 한다. 우리는 새 신발을 신고 쇼핑몰을 1층부터 3층까지 꼼꼼하게 누볐다. 내 신발은 편했다. 피비의 것은 모르겠다. 굳이 물어보진 않았으니까. 가끔 뒤뚱거린 건 신발보다는 신체 문제일 것이고. 피비는 물건 하나를 더 샀다. 나를 어이없게 만든. 그건 바로 손목시계였다. 빨간 가죽끈은 피비에게 전혀 어울리지 않았다. 이해하기로 했다. 어쩌면 지금의 피비에게 가장 필요한 물건일 수도 있었다. 다행히 피비는 내게 권하지는 않았다.

3층 구석에서 쉴 곳을 찾았다. 아이스크림 가게. 피비의 눈빛이 탐욕스럽게 바뀌었다. 피비는 아이스크림광이었다. 나는 싱글레귤러를, 피비는 하프 갤런을 시켰다. 잘못 들었나 싶었다. 하프 갤런이라니, 놀란 눈으로 피비를 보았다. 피비는 빙긋 천진하게 웃고는 하프 갤런을 채울 여섯 가지 종류의 아이스크림을 빠르게 말했다. 막힘이 없었다. 아이스크림 전문가처럼.

우리는 아이스크림을 들고 자리에 앉았다. 피비는 말이 없었다. 말을 할 수 없었다. 사흘 굶은 사람처럼 정신없이 아이스크림을 먹었다. 피비는 왜 마른 거지? 특수 체질인가? 속으로만 물었을 뿐이다. 피비는 절반 이상 먹은 후에야 비로소 고개를 들었다. 갑자기 내 존재를 깨달은 사람처럼 질문을 던졌다. 평범해서 더 이상한 질문.

"학교는 재미있어? 친구는 많고?"

학교, 친구…… 아이스크림이나 더 드시지……. 누군가를 진심으로 때리고 싶은 기분이 든 것은 몇 달 만에 처음이었다. 재미있었다면 주사위를 던졌겠는가? 친구가 많았다면 49세를 막 넘긴 중년 히나, 그것도 경찰의 감시를 받는 악한 도망자 피비와 앉아 시간을 보내겠는가? 애당초 가출 같은 건 시도조차 하지 않았을 것이고.

"너무 재미있어서 눈물이 다 날 정도예요. 졸업할 걸 생각하면 벌써 한숨이 푹푹 나와요. 천국을 떠나는 베아트리체와 단테의 기분을 이해하게 된다니까요."

"밖으로 나와 별들을 다시 보았다."

"뭐예요?"

"단테가 지옥을 떠나는 장면."

할 말을 잃었다. 문장을 인용하는 기술은 놀라웠다. 문제는 내용이었다. 천국을 말했는데 왜 지옥을 떠올리는지.

"학교가 그렇게 재미있어?"

"정말이겠어요?"

"그럼?"

"제 별명이 끈끈이 두더지예요. 학교 지하실에서 제일 깊은 시궁창 바닥에 꼭 붙어 있거든요."

"저런, 큰일이구나. 지하엔 온갖 전염병 유발 균들이 있단다."

"걱정은 그만. 그냥 비유랍니다."

피비는 마치 내 우울한 현실을 전혀 몰랐던 사람처럼 눈을 크게 뜨곤 엄숙하게 말했다.

"위로의 말을 해 주마. 누구나 한 번은 살면서 우물 바닥에 떨어지게 되어 있어. 누구나 겪는 일이고 어쩔 수 없는 일이라는 뜻이야. 생각을 바꿔 봐. 떨어졌다는 건 올라갈 일밖에 남지 않았다는 증거이기도 하지. 기분이 좀 나아지지 않니?"

갑자기 웬 지루한 설교 모드? 그깟 이야기에 기분이 나아지는 사람도 있다면 순진한 바보거나 정신병자일 것이다. 킥킥, 웃음소리가 들렸다. 피비였다. 장난을 친 것이다. 이 사람이 정말. 피비는 아이스크림 서너 숟가락을 재빨리 퍼 먹은 후 무심히 말했다.

"너무 늦게 바닥에 떨어지면 다시 올라가는 건 불가능해. 머무르거나 죽는 수밖에. 난 우물 바닥에 머무르느니 차라리 죽고 싶었지. 죽는 것도 제대로 못 하고 말았지만. 오규연[+] 시인은 이렇게 썼다. '잠자는 일만큼 쉬운 일이 있을까? 그러나 나는 그 일도 제대로 할 수 없어 두 눈을 멀뚱멀뚱 뜨고 있다.' 꼭 지금 나처럼."

오규연 시인이 누군지는 모르겠다. 시의 내용에도 관심이 없다. 중요한 건 분위기, 피비에게서 뭔가를 털어놓을 분위기가 느껴졌다. 단단하던 가드가 허술해졌다. 시선은 먼 곳을 향하고 있다. 기회는 눈앞에 왔을 때 잡아야 한다. 기회는 대머리, 아니 뒷머리가 없다고 했던가?

"시드니는 어떻게 죽었어요?"

+ 우리 세계에서는 오규원이라 부른다. 시인. 『왕자가 아닌 한 아이에게』를 썼다.

피비는 아무 말 없이 아이스크림만 먹었다. 아이스크림통에 손을 얹고 다시 물었다.

"아줌마 혼자만 범죄 사실을 인정했다면서요? 전 그 부분이 이해가 안 가요. 다 같이 영차영차 힘을 모아 저지른 일 아닌가요? 정황으로 보면 아빠나 시드니의 죄가 더 컸을 것 같고요. 시드니는 몰라도 아빠는 그런 쪽으로는 지독한 사람이거든요. 그런데 왜 혼자 독박을 썼어요? 영웅 심리?"

"독박이라니 그런 말도 아느냐? 혹시 도박 중독?"

피비가 웃으며 말했다. 내용은 무시하고 단어만 지적하는 걸 보니 대답할 생각은 없어 보였다. 그래서 다시, 알아듣기 좋게 목소리를 높여서 물었다.

"이것저것 다 싫으면 비밀이 도대체 뭔지나 말해 줄래요?"

피비는 내 질문에 대한 답변을 모두 거부했다. 묵비권을 행사하며 아예 입을 다물었다는 뜻은 아니다. 내 짐작은 맞았다. 피비 마음의 문 한쪽이 훤히 열려 있는 상황이었다. 문은 심하게 덜컹거렸고 피비는 닫히지 않는 문을 아예 떼고 싶어 했다. 피비는 아이스크림을 다 먹었다. 행복한 포만감은 장벽을 허물었다. 피비는 내가 묻지 않은 이야기를 디저트로 한아름 꺼내 놓았다.

피비는 어느 순간부터 추락에 추락을 거듭하던 자신이 예약자가 되기까지의 과정을 요령 있게 요약해서 들려주기 시작했다.

피비가 쓴 책은 단 한 권도 읽어 본 적 없었지만 글솜씨는 나쁘지 않겠다고 생각했다. 정리를 잘하는 사람이 청소도 잘하는 법이다. 사서 읽고 싶냐고 묻는다면 차마 그렇다고는 말하지 못하겠지만. 피비가 말했다.

"시드니가 죽은 후 1년가량 시체처럼 지냈지. 완벽한 시체가 될 수는 없었어. 아쉽게도 난 살아 있었으니까, 절반쯤. 죽지도 못하고 살지도 못했으니 연옥의 훌륭한 거주자인 셈이었지. 연옥, 쉽지 않았다. 연옥이 왜 고통의 대명사가 되었는지 이해했다. 중간은…… 건너뛰마. 어느 햇살 좋은 날 잔뜩 어질러진 방을 보면서 결심했지. 죽지 않고 살 바엔 제대로 살자고. 우선은 일부터 찾아야 했다. 변호사는 할 수 없었어. 어찌어찌 집행 유예를 받기는 했지만, 자격증은 꼼짝없이 빼앗겼으니까. 방법이 없는 건 아니었다. 오래전에 집을 나왔어도 내 뒤엔 여전히 엄마의 그림자가 붙어 있었다. 내겐 보이지 않아도 사람들은 똑똑히 볼 수 있는 그림자. 인사하고 절하는 그림자. 떼고 싶어도 뗄 수 없는. 내 허약한 육신과 정신보다 더 강한 그림자. 이 사람 저 사람 찾아가고 울고불고 매달리면 자격증을 되찾을 수는 있었어. 그러고 싶지는 않았다. 뭐랄까, 변호사 일에 정이 뚝 떨어졌거든. 약자의 삶을 돕는다? 권력 앞에서는 무기력한 몸짓에 불과하다는 걸 뼈저리게 깨달았다. 그 권력에 또다시 머리 숙이고 싶지 않았다. 그러다가 문득 심심풀이 삼아 글을 쓰게 됐다. 이유? 간단했다. 시간은 무진

장 많았고 방 안에서 혼자 할 수 있는 일이었으니까. 깜짝 놀랄 만큼 잘 써졌다. 며칠을 꼬박 앉아서 글을 써도 지치지 않았다. 아침에 시작하면 어느새 밤이었다. 할 말이 많았던 모양이다. 에보니 카프카[+]는 일찍이 자신의 글은 엄마에게 직접 하지 못한 욕의 종합 선물 세트라고 말했다. 같은 이론을 적용하자면 내 글은 시드니에게 미처 하지 못한 말들의 종합 선물 세트였다. 물론 내 마음속에서 그랬다는 거지. 내가 쓰고 있던 건 우주선과 별이 나오는 SF였으니, 내 집필 의도를 알아챈 사람은 아무도 없었을 거라고 어렵지 않게 추정할 수 있다. 초고를 마친 건 4개월, 한 1년 정도 더 붙잡고 끄적거리다가 일단 끝을 냈다. 끝이라고 생각하진 않았지만 좀 지겨워지더라고. 1년 반을 논 셈이니 정말 먹고살 일을 걱정해야 할 때가 되기도 했고. 어디 한번 하는 마음으로 원고를 정리해 출판사에 보냈다. 기대도 안 했는데 답변이 왔다, 출판하겠다고. 그 뒤의 일은 더 놀라웠다. 팔릴 거라 생각도 안 했는데 베스트셀러가 됐다. 제목을 들어 봤을지도 모르겠다, 『파르파네 행성으로 가는 길』. 성공 이유? 나도 몰라."

나는 들어 본 적 없는 소설이었다. 세상은 넓고 소설은 많다. 게다가 난 소설을 읽지 않는다. 피비는 그 소설로 2년 동안 호황을 누렸다. TV에도 출연했고, 전국으로 강연도 다녔다. 독자들은

+ 우리 세계에서는 프란츠 카프카라 부른다. 『성』 등을 썼다.

전직 변호사가 쓴 SF를 무척 좋아했다. 다음 책의 장르도 자연스럽게 SF로 결정되었다. 약간의 문제는 있었다. 순수 문학 독자 (피비의 표현이다.) 피비는 SF라는 장르에 전혀 익숙하지 않았다. 유명한 SF도 겨우 서너 권 남짓 읽었을 뿐이다. 하지만 시장의 요구였다. 요구에 거스르면 어떤 일이 일어나는지는 뼈저리게 잘 알고 있다. 그래서 열심히 썼다. 어릴 때부터 열심히 하는 것이라면 누구보다 자신이 있었다.

하지만 두 번째 소설의 완성은 쉽지 않았다. 심심풀이 삼아 쓸 때는 마법처럼 잘 써지던 글이었다. 어디에서 튀어나왔을까 경탄하던 글이었다. 꼭 성공하겠다고 작심하고 쓰자 모든 게 바뀌었다. 쓰는 시간보다는 쓰다가 멈추는 시간이 더 많았다. 마법은 사라지고 에베레스트가 앞을 가로막았다. 산소통을 메고 한 걸음, 한 걸음 힘겹게 올라가야만 하는. 피비는 포기하지 않았다. 끈질기게 매달렸다. 다시 말하지만 피비는 천재가 아닌 노력형 인간이었으니까.

마침내 2년이 조금 지난 시점에서 두 번째 책이 나왔다. 반응은 나쁘지 않았다. 바꿔 말하면 좋지도 않았다. 다시 2년 후 낸 세 번째 책은 좋은 쪽보다는 나쁜 쪽에 더 가까운 결과를 냈다.

피비는 점점 한가해졌다. 강연 요청은 사라진 지 오래였고, 원고를 달라는 출판사의 숫자 또한 점점 줄었다. 그러다가 마침내 제로가 되었다. 완벽하고 순수한 제로. 피비는 먼 길을 걸어와 마침내 잊힌 작가가 되었다. 피비는 생각했다.

'드디어 초심으로 돌아갈 수 있게 되었다. 내가 쓰고 싶은 글을 온전히 쓸 수 있게 되었다. 마음에도 없는 SF는 그만 써야겠다.'

"문제는 내 마음이었어. 쓰고 싶은 마음이 어느새 사라진 거야. 우물 가득했던 열정이 한 방울도 남지 않고 증발해 버렸다. 난 보물찾기하듯 우물 바닥으로 내려갔고, 있지도 않은 보물을 핑계로 또다시 몇 달을 시체처럼 보냈다. 그다음은 도돌이표. 여전히 시체는 못 되었으니 지상으로 올라와야 했고 다시 연옥을 보았다. 하늘엔 불, 땅에는 물. 살아남기 위해서는 뭔가 해야 했다. 길이 잘 안 보이더군. 한숨이 나오더군. 간신히 수풀을 헤치고 나갔더니 나타난 건 낭떠러지. 데자뷔, 익숙한 장면이었고 익숙한 느낌이었다. 이미 한 번 겪어 보았던. 다른 게 한 가지 있었다. 그때는 새로운 길을 모색할 수 있는 나이였다. 수풀을 헤치다가 중도에서 되돌아와도, 길을 잃었어도 얼마든지 다시 시작할 수 있었다. 하지만 다른 경로로 똑같은 벼랑 끝에 다시 섰을 때는 사십 대 후반이었다. 돌아갈 길은 이미 무너져 버렸고. 호머, 아직 어린 너에게 하기는 미안한 말이지만, 너도 내 나이가 되면 알게 될 거야. 이 나라에서 사십 대 후반의 히나가 새로운 길을 찾기란 불가능해. 나 같은 엘리트 히나조차도. 브로글의 경우는 말할 필요도 없겠지. 누구나 답을 아는 간단한 삶의 방정식. 그 나이 즈음에 실패했다면 그걸로 끝인 거야. 백 세 시대면 뭐 해? 할 게 아무것도 없는데. 먹고사는 일조차 제대로 할 수 없는데. 선한 포기자의 나이를 괜히 49세로 잡은 게 아니다. 다음 기회 같은 건 없다. 물론 어떻게든 살아갈 수는 있겠지. 살아간다는 말이 어색할 정도로 버티고 매달리며 하루하루 생명을 이어 갈 수는 있겠지. 그게 사는 걸까? 나는 마지막 1년 동안 팩토리 임시 관리자로 일했다. 이 나라 히나가 택할 수 있는 최하의 직업. 스스로 배반자가 된 셈이다. 물론 부끄러움은 오래전에 사라져 버렸지만. 이게 바로 내가 예약자가 된 이유다. 내 의지로 삶의 종료 버튼을 누를 시간이 되었다고 느꼈다. 연옥에서 더 버티기는 싫었다. 죽어서 갈 곳이 천국이든 지옥이든 간에."

Blue Stage

병원에서 아빠를 지켜보며 생각을 정리했다. 하나는 확실했다. 아빠가 손목을 그은 건 나 때문이다. 아빠의 나이는 만 48세 8개월. 선한 포기자가 되었을 경우 연합 정부의 위로금을 가장 많이 받을 수 있는 만 48세에서 49세의 정중앙에 가까이 자리했다. 염려한 적은 없었다. 니르바타에 오기 전에 아빠와 꽤 진지하게 의견을 나눈 적이 있었기에.

선한 포기자의 수가 정체 상태에 있어 개선책이 필요하다는 뉴스를 보던 아빠는 밑도 끝도 없이 "만약?" 하고 물었고 나는 곧바로 "싫어."라고 대답했다. 왜냐는 질문에는 "어차피 안 되잖아."로 받아쳤다. 선한 포기자가 받을 수 있는 위로금을 최대로 받아도 기준선에는 크게 못 미친다는 의미였다. 나를 히나로 만들기 위해 아빠가 선한 포기자가 될 이유는 없다는 뜻이었다.

"어차피 안 되니까 죽지 마라?"

"응, 그것 말고 다른 이유가 뭐 있나?"

"보통은 사랑을 말하지 않니?"

"그게 좋으면 그걸로 할게."

"냉정하긴."

"누굴 닮았을까?"

"하긴, 네 말도 맞지. 보여 주기식 선한 포기자의 길은 나도 가고 싶지 않아. 아이를 위해 최선을 다했다고 자부하는, 죽은 자 본인이나 만족할 그런 무의미한 죽음은 영 적성에 맞지 않아. 최선은 무슨? 평생 브로글로 살아가야 할 아이에게 그냥 돈 몇 푼 쥐여 준 게 전분데. 결과를 바꾸지 못하면 과정은 전혀 중요하지 않아."

"잘 생각했어. 돈보다는 말싸움 상대로 오래 남아 주는 게 정신 건강에는 더 낫지. 아니지, 특별히 봐준다. 말싸움이 아니라 사랑싸움."

"넌 역시 날 사랑하는구나."

"뭔 사랑?"

"말한 건 너야."

"논리가 그렇다는 거야. 말싸움이나 사랑싸움이나 거기서 거기. 의미는 제로."

"논리는 무슨. 그렇게 생각하고 싶으면 생각해. 넌 어려서 몰라, 사랑은 논리를 초월하는 법. 아무튼, 걱정하지 마. 난 절대 포기하지 않을 거야. 널 히나로 만들기 위해 할 수 있는 모든 일을 할 테니까."

"전신 닭살. 왜 이러시나? 고맙다고 큰절이라도 해야 하나?"

이어지는 대화 끝에 아빠는 조만간 니르바타로 이주할 계획임을 밝혔다. 모호한 연결. 뭐지, 이 황당한 전개는? 나는 묻지 않고 고개를 끄덕였다. 아빠는 굳이 밝힐 필요도 없는 세부 계획까지 노출했다. 망해 가는 출판사를 비싼 돈을 받고 지선 엄마에게 파는 일.

아빠는 "어때?" 하고 물었고 나는 "좋아!"라고 대답했다. 실현성 있는 계획처럼 들리지는 않았다. 허술한 사기에 가까웠다. 좋다고 즉시 대답한 이유는 하나였다. 아무것도 안 하는 것보다는 나았으니까. 헛스윙이라도 해야 공을 맞힐 수 있는 법이다. 아웃이 되기까지 적어도 세 번의 기회는 주어지는 법이니 굳이 눈 멀뚱히 뜨고 루킹 스트라이크 아웃을 당할 필요는 없다. 어차피 결과는 똑같다는 건 나도 안다. 기록지에 적힌 표현만 다를 뿐.

얼마 뒤 우리는 니르바타로 이주했다. 아빠는 장대한 꿈의 계획을 실천에 옮겼다. 결과는 내가 예측했던 (인간은 숨을 쉰다는 당연한 사실 확인에 더 가까웠다.) 그대로였다. 몇 주가 훌쩍 흘렀다. 지선 엄마는 꿈쩍도 하지 않았다. 반응이 없는 건 아니었다. 바빠서 제대로 검토하기 어렵다는 핑계를 지선 아빠를 통해 전하며 만남을 차일피일 미루었으니까. 안 된다고 정확하게 말하지 않는 면이 일류 사업가다웠다. 며칠 전부터 아빠는 유난히 괜찮다는 말을 자주 꺼냈다. 괜찮지 않다는, 속으로는 무척 초조하다는 증거이기도 했다.

화장실에 쓰러져 있는 아빠를 보면서 가장 먼저 든 생각은 미안함이었다. 지선과 소유라는 새 친구들에게 정신이 팔린 나머지 아빠의 상태를 점검하지 못했던 것. 아빠는 어느 순간 갑자기 좌절하고 망가지는 성향이 있다는 사실을 누구보다 잘 알면서 세심하게 주의를 기울이지 못했던 것. 눈물을 살짝 훔쳤다. 이런, 전혀 다른 가능성도 떠올랐다. 반짝이는 구석도 많은 아빠. 잔재주도 부릴 줄 아는 아빠. 아빠는 정말 한순간에 허물어져 버린 것일까?

요란했던 소동에 비하면 상처는 가벼웠다. 아빠는 정확히 24시간을 병원에서 머문 후 돌아왔다. 지선 아빠와 함께였다. 아빠는 괜찮다고 말했지만 지선 아빠의 황소고집을 막을 수 없었다. 지선 아빠는 겨우 두 시간을 머무르면서 부엌을 다 뒤집어 놓았다. 그 요란을 떨면서 지선 아빠가 만든 건 전복죽과 오이가 잔뜩 들어간 샐러드, 단 두 가지였다. 전복죽이야 보양식의 대표 음식이니 맛은 차치하고라도 의의는 충분히 이해할 수 있다. 겨자 소스를 너무 많이 섞은 눈물 나게 매콤한 오이 샐러드, 나로서는 생전 처음 대하는 국적 불명의 오이 요리는 도대체 뭘까? 더욱 어처구니가 없었던 건 두 사람 모두 오이 샐러드에는 손도 대지 않았다는 점이다.

덕분에 우묵한 접시에 넘치도록 담은 오이 샐러드는 내 차지가 되었다. 울며 겨자 먹기란 속담의 유래를 몸으로 이해했다. 코크의 도움을 받지 않았더라면 끝마치기 어려운 난해한 미션이었다. 지선 아빠와 아빠는 커피까지 마셔 가며 활기차게 수다를 떨었다. 병문안보다는 친목 모임에 더 가까웠다. 티파티를 마친 지선 아빠가 돌아간 건 12시가 다 되어서였다. 지선 아빠가 몰래 봉투 하나를 주었다는 사실은 밝혀야겠다. 살짝 열어 보니 거금 50만 프루트가 들어 있었다.

지선 아빠가 펼쳐 놓은 난장판을 해결하는 데만 30분 넘게 걸렸다. 설거지와 정리를 마치고 거실로 돌아왔다. 아빠는 TV를 켜 놓은 채 잠이 들었다. 아빠를 흔들어 깨웠다. 다른 날이었다면 담요를 덮어 주는 선의를 베풀었을 것이다. 오늘은 아니었다. 시간이 흘러서 사태가 저절로 흐지부지되기 전에 아빠의 명확한 해명을 들어야 했다. 눈 비비는 아빠에게 곧바로 캐물었다.

"도대체 뭐야? 뭔 생각이었어?"

"그러게, 미안하다."

"정확히 뭐가 미안한데?"

아빠가 클클 웃으며 다시 물었다.

"글쎄, 어느 쪽일까? 죽으려던 거? 아니면 실패한 거?"

"웃음이 나와?"

"사죄를 원하니? 무릎 꿇을까? 두 손 들까? 둘 다 할까?"

"거짓말이나 좀 하지 마."

"거짓말?"

"그래, 거짓말."

"무슨 거짓말?"

"죽으려던 것도 아니고, 실패한 것도 아니잖아?"

"너……."

"이건 뭐 유추랄 것도 없지. 정말 죽으려고 했으면 약국에서 선한 포기자를 위한 특수 수면제를 샀겠지. 등록증을 보여 주고 평생후생부에서 나이를 인증받으면 죽기에 충분한 양을 합법적으로 살 수 있으니까. 아빠는 쉬운 방법을 피하는 대신 커터 칼이라는 성공률이 무척 떨어지는 방식을 택했지. 게다가 화장실 문은 잠그지도 않았잖아. 혹시라도 내가 시간을 못 맞추면 정말로 곤란해지니까. 그러니까 아빠는 죽으려던 게 아니야. 의도대로 살아남았으니 실패도 당연히 아니고. 어때, 내 말이 틀려?"

"그렇지는 않아. 아빠 성격이 때론 즉흥적인 건 너도 잘 알잖니? 너를 기다리면서 TV를 보고 있는데 선한 포기자 장려 캠페인이 나오더라. 젊은이들의 미래를 위해 어른들이 먼저 희생정신을 보이자는. 이번 달까지는 10퍼센트 추가 포인트가 제공된다는. 그걸 보니까 갑자기 우울한 생각이……."

"거짓말 좀 그만하라니까!"

"얘가 참, 도대체 왜 거짓말이라고 생각하는데?"

"지선 아빠가 병실에서 하는 말 다 들었어. 지선 엄마한테 아빠의 자살 시도를 확실히, 분명하게 전했다는 그 말. 커터 칼도 지선 아빠가 알려 준 방법 아냐?"

"커터 칼은 유진이 생각은 아냐."

"자백했네. 자작극 맞지?"

아빠는 대답하지 않았다. 구석에 몰렸지만 죽어도 혐의 인정은 하지 않겠다는 결연한 태도가 엿보였다. 상관없었다. 나는 형사가 아니니까. 아빠의 묵비권 행사는 범죄를 인정한 것이나 다를 바 없었다. 곧장 다음 단계로 넘어갔다.

"효과 없을 거야. 지선 엄마는 냉정한 사업가래. 자기만 아는."

"할 수 있는 일은 다 해 봐야지. 감성적인 측면도 있다더라. 비치걸스+ 팬이래."

"비치걸스?"

"비치걸스를 몰라? 펀펀펀은?"

"뭔 소린지. 그건 됐고, 정 그럴 거면 몸을 쓰지 말고 머리를 써. 몸이 뭔 죄야?"

"방법이 통 안 보이니까 그렇지. 나도 머리가 아주 좋은 편은 아니니까."

+ 우리 세계에서는 비치보이스라 부른다. 팝 그룹. 〈Fun, Fun, Fun〉 등의 히트곡이 있다.

느닷없는 유전자 인정에 웃음이 툭 삐져나왔다. 내가 웃으니 아빠도 웃었다. 역시 아빠는 웃는 표정이 예뻤다. 하얀 코끼리 웃음. 주름은 좀 늘었어도. 하나뿐인 내 아빠. 아빠의 웃음을 감상하며 물었다.

"그런데 왜 하필 오필리아야?"

"너라면 알 테니까."

"그게 무슨 소리야?"

"그냥 기억나는 게 그뿐이라 적었던 거지 큰 의미는 없다는 말. 그런데 너."

"왜?"

"왜 거짓말하고 다니니?"

"내가 무슨?"

"얼마 전에 지선 아빠가 전화해서 진지하게 걱정하더라. 네가 너무 몰상식하다고."

"맞잖아."

"어릴 적에 백과사전을 줄줄 외우고 아빠 출판사에서 낸 책도 다 읽은 네가, 아빠가 인용한 게 오필리아인 줄 단번에 알아채는 네가 정말 몰상식하다는 말을 믿으라고?"

"내 일이야. 신경 쓰지 마."

"그래서 얻는 이익이 뭐니?"

"몰라."

"그런 식으로 나온다 이거지? 그럼 됐어. 알려 줄 게 하나 있었는데 그만둬야겠다."

"뭔데?"

"궁금해?"

"그냥."

"왜 그러는 건지 말해 줘. 왜 몰상식한 인간처럼 행세하는지."

"그냥."

"그냥?"

"아는 체하는 게 너무 피곤해서. 내가 뭔가를 알고 있다는 게 지금은 화가 나. 아무 쓸모도 없는데. 그냥, 머리가 텅 비었으면 좋겠어. 그냥, 그냥."

아빠는 칭찬하듯 고개를 끄덕거렸다. 자신이 아는 비밀을 고양이 먹이처럼 쓱 던져 주었다.

"소유 엄마, 세컨드랑 결혼할 생각이란다. 넌 몰랐지?"

"알고 있었어."

"그래? 의외네."

"나도 귀는 있어."

"그럼 세컨드가 팩토리 출신인 것도 아니? 이제 겨우 만 열여덟 살인 것도?"

"그…… 럼."

"진짜 문제는 그게 아냐. 소유 아빠가 결혼에 반대한대. 세컨드가 생기는 걸 보느니 차라리 이혼하겠대. 내일이라도 당장. 첫사랑을 남과 나누느니 차라리 다 잃어도 좋대. 참 별난 고집도 다 있지? 열여섯 철부지도 아닌데 첫사랑은 얼어 죽을. 사랑이 무슨 합체 로봇이니? 나누고 말고 할 게 뭐 있다고. 사랑 타령 대신 자기 자식 처지나 신경 쓸 것이지."

나는 소유가 팩토리를 체험한 진짜 이유를 비로소 알게 되었다. 안내원을 이유도 없이 계속 바꿔 달라고 요구한 것도. 생각지도 못했던 사태. 어처구니가 없어 화가 폭발할 지경. 뜻밖에도 웃음이 삐죽 나왔다. 나로서도 이유를 도무지 알 수 없는 이상한 반응. 아빠가 나처럼 웃으며 말했다.

"사람의 일이란, 세상이란. 정말 우습지?"

10장

Red Stage

『하늘을 나는 교실』[+]이라는 소설을 읽어 본 적이 있는가? 나는 있다. 지금까지 열 번 이상 읽었을 것이다. 내가 제일 좋아하는 장면을 소개하겠다. 학생들의 사감 선생으로 나오는 B의 어린 시절 이야기다.

B는 기숙사 학교를 다녔다. 어느 날 아빠가 중병에 걸려 병원에 입원했다는 소식을 들은 후로는 안절부절못했다. 1초도 더 견딜 수 없었다. 몰래 학교를 빠져나가 병원에 갔다. 아빠는 기뻐했다. B는 다음날도 다시 오겠다고 말하고는 학교로 돌아왔다. 규칙이 엄하기로 유명한 학교였다. 사감 선생은 4주 동안 외출 금

+ 우리 세계에서는 에리히 케스트너의 작품으로 알려져 있다.

지라는 명령을 내렸다. B는 모범생이었다. 명령을 거스르고 싶지 않았다. 하지만 아빠와의 약속이 더 중요했다. B는 다시 병원에 다녀왔고 돌아오자마자 감금실에 갇혔다.

다음 날 감금실 문을 연 사감 선생은 뜻밖의 마법에 깜짝 놀랐다. B 대신 C가 있었기 때문이다. C는 B가 외출해야 했던 이유를 설명했다. 사감 선생은 어쩔 수 없다는 듯 마지못해 고개를 끄덕였다. C의 희생으로 일은 좋은 쪽으로 마무리되었다. 감동적인 것은 그다음이다. B는 사감 선생이 되겠다고 결심했다. 마음이 괴로운 학생들이 모든 걸 털어놓고 이야기할 만한 사람 하나쯤 가질 수 있도록. B는 자신이 꿈꾸던 선생이 되었다. B를 존경하는 학생들은 입을 모아 이렇게 말한다. B 선생님을 위해서는 목이 매달려도 좋아!

기초학교에 B 같은 선생은 없었다. 사감 선생 같은 선생도 없었다. 사감 선생 열을 하나의 몸에 몰아넣은 사이보그 같은 선생은 있었다. 선생은 1년에 한 아이씩 점찍어 놓고 괴롭혔다. 작년의 희생자는 바로 나였다. 선생이 저질렀던 온갖 만행을 일일이 적고 싶지는 않다. 나는 다 잊었다. 선생에게는 전혀 관심이 없다. 내가 하려는 이야기는 내게도 C와 같은 친구가 있었다는 사실이다. 그 친구의 이름은 멜버른이었다.

멜버른은 유레카에서 전학 온 아이였다. 유레카 출신이 흔히 그렇듯 엄마가 없었고 집은 찢어지게 가난했다. 나와 다른 점도 있었다. 멜버른은 잘생기고 똑똑한 아이였다. 불의를 못 참는 성격까지 지녔다. 가난한데 정의로운 아이! 멜버른은 첫날부터 내 편이 되어 주었다. 나는 선생의 명령에 따라, 혼자서 교실 청소 중이었다. 멜버른이 빗자루를 들고 도왔다. 그러지 말라고 했다. 선생이 보면 일이 복잡해진다고 말했다. 멜버른은 듣지 않았다.

얼마 후 선생이 왔고 선생은 얼굴을 찌푸렸다. 다음 날부터 선생이 괴롭히는 학생은 두 명으로 불어났다. 둘이라는 숫자는 마법을 일으켰다. 괴로움은 절반이 되었고, 피곤함은 기쁨으로 변했다. 늙은 곰 같은 선생이 그 사실을 모를 리 없었다. 선생은 나를 추방하고 멜버른만 남겼다. 하지만 나는 예전의 내가 아니었다. 나는 멜버른의 곁을 떠나지 않았다. 선생은 기분이 좋지 않았다. 온갖 수단을 동원해 악랄하게 공격했고, 우리는 온 힘을 다해 막았다. 우리 둘의 연합에 선생은 조금씩 지쳐 갔다. 백기를 들기 직전이었다. 승리가 눈앞에 있었다. 그즈음 멜버른에게 물었다. 왜 나를 도왔느냐고. 멜버른이 되물었다.

"솔직하게?"

"응, 솔직하게."

멜버른의 대답은 영원히 잊을 수 없다.

"제일 외롭고 불쌍해 보여서."

작년의 나는 어렸다. 멜버른의 대답은 사실이었을 것이다. 하지만 멜버른은 내 미숙한 자존심을 건드렸다. 나는 다른 대답을 상상했다. 왠지 느낌이 좋아서, 마음이 통할 것 같아서, 친구가 되고 싶어서 등등. 다음 날부터 나는 멜버른을 멀리했다. 유레카에서 온 가난하고 정의로운 미결정 존재 멜버른은 눈치가 빨랐다. 내 결정을 금방 이해했다. 이유 따위는 묻지도 않았다. 연합전선이 붕괴되자 전쟁의 양상이 바뀌었다. 그런 유의 일에는 달인인 선생은 멜버른을 마음껏 괴롭혔다. 멜버른이 혼자 당하는 것을 보는 일은 즐겁지 않았다. 마음이 아프고 흔들렸다. 몇 번이고 멜버른에게 다가가고 싶었다. 손을 잡아 주고 싶었다. 친구인 내가 있다고 말하고 싶었지만 그러지 못했다. 멜버른은 내게 상처를 주었으니까. 나보다 더 외롭고 불쌍한 주제에.

주저하고 머뭇거리는 사이 멜버른은 크게 다쳤다. 학교 옥상에서 우산을 들고 뛰어내렸다고 했다. 온몸에 선생이 한 일과 선생을 욕하는 문서를 두른 채. 『하늘을 나는 교실』에 나오는 아이가 한 행동을 응용한 것이다. 현실은 소설과는 달랐다. 멜버른은 걷는 능력을 상실했다. 나무에 부딪힌 것이 죽음을 막았다. 멜버른은 유레카로 돌아갔다. 선생? 견책 처분을 받고 다른 학교로 갔을 뿐이다.

나는 피비에게 내 사연을 길게 말하지 않았다. 그저 내겐 친구가 한 명 있었고, 지금은 한 명도 없다고만 말했을 뿐이다. 피비는 아무 말 하지 않았다. 그래서 말했다.

"무인도에 가져갈 책 한 권은 『하늘을 나는 교실』로 할래요."

피비는 깜짝 놀라는 표정을 지었다. 피비는 과거의 거울을 보며 웃었다. 추억의 눈으로 거울을 보며 자신도 어린 시절에 『하늘을 나는 교실』을 무척 좋아했다고 말했다. 피비는 자신이 가장 좋아했던 대목을 알려 주었다. 주인공 중 한 명인 율리체가 집으로 돌아갈 여비가 없어 우는 장면이었다. 가난한 엄마가 보내 준 돈은 여비로는 충분치 않았다. 율리체는 울었다. '엄마, 엄마, 착하고 가엾은 엄마'라는 말을 끝없이 중얼거리면서.

나는 아무 말도 하지 않았다. 멜버른과 나의 사이가 가장 좋았던 시기, 우리는 『하늘을 나는 교실』을 함께 읽었다. 멜버른은 피비가 꼽은 바로 그 장면을 무척 좋아했다. 말하면서 눈물을 보였다…….

"제목만 들으면 환상 소설 같지만 실은 우정을 말하는 책이지."

피비의 설교를 듣고 싶지는 않았다. 흐름을 바꾸고 싶었다. 그래서 다시 물었다.

"시드니는 어떻게 죽었나요?"

피비는 아이스크림통을 보았다. 텅 비어 버린 현실을 믿기 어려운 듯 한참을 바라보았다. 절망한 피비가 문장을 읽듯 말했다.

"시드니는 내 영혼이었다. 나는 한순간도 시드니를 미워하거나 원망한 적이 없었다."

새 신발을 신은 우리는 쇼핑을 조금 더 즐겼다. 아빠의 슬리퍼를 사서 집으로 돌아왔다. 아빠는 이미 와 있었다. 소파에 혼자 앉아 있었다. 앞에는 맥주와 라면이 있었고, TV는 켜져 있었다.

아빠는 슬리퍼를 신어 보았다. 마음에 든다고 말했다. 마음에 쏙 든다는 슬리퍼를 현관 앞에 툭 던져 놓고 다시 TV를 보았다.

나와 피비의 저녁은 자연스럽게 라면이 되었다. 우리는 라면을 먹으며 말없이 TV를 보았다. 젓가락을 움직이며 가끔 웃음을 지었다. 세상에서 가장 평범한 가족처럼.

Blue Stage

소유는 줄리아 채플린[+]을 모방한 낡은 지팡이를 소품으로 들고나왔다. 지팡이를 휘두르며 아빠 이야기부터 꺼냈다.

"달따랑 아빠 정말 대단하더라. 커터 칼 작전이라, 별따랑 엄마 보라고 깜짝쇼 한 거 맞지? 참 재미있는 분이시네. 일단 긋고 본다? 결과는 하늘에 맡긴다?"

"계획은 있었어. 완벽해 보였대."

"아무래도 입양은 달따랑 집이 더 낫겠다. 가난하지만 유머 감각이 눈물 나게 풍부해. 복합 감성. 창조 감성. 혁명과 유머. 내 적

+ 우리 세계에서는 찰리 채플린이라 부른다. 코미디언. 〈모던 타임스〉 등의 작품에 출연했다.

성엔 더 잘 맞겠어."

평소였다면 소유와 말놀이를 주고받으며 적당히 즐겼을 것이다. 지금은 그럴 때가 아니었다.

"넌 도대체 어떻게 된 거야? 까불거리지 말고 제대로 설명해 봐."

"지금 몇 시지?"

"시간은 왜?"

"말해 봐."

"오후 5시 10분."

"성실한 답변 감사합니다. 엄마 없는 세상에서 살게 된 지 벌써 일곱 시간이나 지났네. 어이 총사들, 조세핀 아인슈타인+ 선생 말대로 시간은 우주적 차원에서 무심하게 흘러. 특히 오늘 같은 날엔 더욱더. 달따랑도 아인슈타인은 알겠지?"

지선의 안색이 갑자기 변했다.

"엄마가 없다니, 이게 다 무슨 소리야?"

소유는 지팡이를 빙빙 돌리며 엉뚱한 소리를 했다.

"안나 워홀이 총에 맞은 적 있다는 거 알아? 그것도 브로글 스토커한테 속수무책으로 두 방. 빵도 아니고 빵빵."

지선이 소유에게 달려들어 지팡이를 빼앗았다. 소유의 완력에

+ 우리 세계에서는 알베르 아인슈타인이라 부른다. 물리학자. 상대성 이론을 주장했다.

전혀 밀리지 않는 지선의 날카로움에 조금 놀랐다. 지선이 말했다.

"알아듣게 차근차근 이야기해 줘. 장난치지 말고."

"삼총사 결성 기념으로 피소토 해변에 놀러 가지 않을래? 별따랑과 나의 마지막 추첨일에 맞춰서. 물론 달따랑에게는 아직 기회가 더 있지만."

"그놈의 위선은 그만 떨어. 약해 빠진 주제에 괜히 강한 척하는 엉터리 짓거리 잠깐이라도 그만둬."

처음 보는 지선의 화난 모습이었다. 소유는 능글맞게 웃으며 여유롭게 대처했다.

"그러니까 반대는 없어 보이네. 말을 어렵게 해서 알아듣기 어려운데 다들 간다는 거지? 그럼 확정. 주의 사항, 이틀 전까지 현장 학습 계획서 내는 거 잊지 말고. 무단결석이면 어렵게 쌓은 점수가 깎이니까."

나는 소유에게 달려들려는 지선을 온몸으로 간신히 제지하고는 말했다.

"원하는 게 그거면 갈게. 별따랑도 당연히 갈 거고. 그러니 이제 어찌 된 일인지 제발 차근차근 알아듣게 말해 봐."

소유는 지선을 보았다. 지선은 마지못해 고개를 끄덕였다.

"우선 지팡이부터 돌려 줘. 한 가지 더, 피소토 해변에서 장기자랑 대회를 열 예정이야. 어설픈 건 질색. 다들 확실히 준비해 두라고."

나와 지선은 아무런 반응도 보이지 않았다. 소유 혼자 고개를 끄덕거렸다.

"자꾸 말하라는데 뭘 더 말하라는 건지 모르겠군. 할 말은 아까 다 했어. 엄마와 아빠는 오늘 시간으로 오전 10시 7분에 이혼했어. 연합 정부의 일이라 역시 빈틈이 없더군. 관계자인 나한테도 문자 통지가 제대로 왔던걸. 난 법에 따라 아빠 소유의 미결정 존재가 되었지. 과정은 요란했고 결과는 단순해. 소속이 모부에서 아빠로 바뀐 것뿐이니까. 뭐, 그 정도야."

"혹시 그때 그 안내원이야?"

소유는 입안에서 어이없음을 꺼내는 마임으로 대답을 대신했다.

안내원과 나누었던 대화가 떠올랐다. 안내원에게 다시 만나고 싶다는 의사를 전했던 사실이 떠올랐다. 갑자기 화가 났다.

"왜 그렇게 얌전하게 굴었어? 아예 확 다 뒤집어 놓지. 나한테 미리 알려 줬으면……."

"워워, 우리 쿨쿨 쏘 쿨 달따랑이여, 흥분은 좀 가라앉히시게. 그분이 무슨 잘못이 있다고. 기회를 놓치지 않은 것뿐인데. 나라도 그랬을 거야."

"안내원은 또 뭐야? 도대체 무슨 이야기야?"

지선은 우리 대화를 이해하지 못했다. 소유가 영혼의 쌍둥이인 지선에게 아무 이야기도 하지 않은 이유는? 궁금증을 해소하는 데에는 오랜 시간이 걸리지 않았다. 지선이 화를 내듯 다그쳐 물었다.

"자산 점수는 문제없는 거지?"

소유가 지팡이를 하늘로 던졌다가 다시 받았다. 만족한 웃음을 지으며 말했다.

"그게 말이지, 이 짜고 치는 슬랩스틱 코미디의 최고로 쫄깃하게 재미있는 부분이라니까. 마리 톨스토이[+]는 일찍이 말했지, 불행한 가정은 각기 다른 방식으로 불행하다고. 바꿔 말하면 불행은 무척 창의적이라는 거지. 느닷없이 뒤통수를 치는 데, 그것도 기상천외한 방법으로 치는 데 세계 최고의 명수."

"뭔 소리야? 그리고 너희 집이 왜 불행해? 엄마랑 아빠 사이좋지 않았어?"

"일반적인 기준에서 보면 전혀 나쁜 편은 아니었지."

"그런데 왜?"

"사이란 어차피 거리의 문제. 그것도 심리적 거리. 변덕이 심하지. 가까웠다 멀어졌다, 지속성과는 무관한. 영구 운동은 더더욱 아니고."

지선이 물었다.

"그래서 자산 점수는?"

"재미없고 뻔한 비밀 하나 알려 줄까? 우리 엄마 취미가 도박이었단다. 카지노는 기본이고 경마, 경륜, 경정에도 따뜻한 관심을

+ 우리 세계에서는 레프 톨스토이라 부른다. 작가. 『전쟁과 평화』 등을 썼다.

보였대. 덕분에 씀씀이가 장난이 아니었대. 그나마 아름다운 건 합법적으로만 즐겼다는 점. 그놈의 놀라운 시민 의식."

소유는 지팡이를 가운데에 놓고 몸을 회전하는 묘기를 보였다. 성공이었다. 손뼉을 치는 것으로 만족한 기분을 드러낸 소유는 손가락으로 우리를 가리키며 말했다.

"잘 들어, 딱 한 번만 말할 테니. 남은 자산이라곤 소득에 비하면 믿기지 않는 겨우 90억 프루트. 그래서 아빠가 받을 수 있는 자산은 9억 프루트. 히나가 되기 위해 필요한 자산 점수의 절반에도 못 미치지. 그야말로 깜짝 대반전. 산다는 게 참 재미있지? 역대급 롤러코스터야. 안나 워홀이 이 이야기를 들었더라면 배꼽을 잡고 깔깔깔……."

소유는 문장을 끝마치지 못했다. 지선의 주먹이 소유의 얼굴에 정확히 명중했다. 소유의 뺨이 벌에 쏘인 것처럼 금세 부어올랐다. 소유가 반격하리라 예상했다. 늘 그렇듯 내 예상은 형편없이 빗나갔다. 웃음 띤 소유는 뺨을 주무르며 말했다.

"이래서 너한테 말을 안 한 거야. 네가 어떻게 나올지 뻔히 알고 있으니까."

"너희 아빠란 사람은 또 왜 그래?"

"우리 아빠 욕하지 마라. 난 아빠를 이해해."

"뭘 이해한다는 거야? 이혼이라니, 딱 한 달만 참으면 되는데. 1년도 아니고 한 달."

"하루도 견딜 수 없었던 거지."

"너의 미래가 달렸는데도?"

"아빠에게도 자신의 인생이 있다고. 아빠는 사전에 나와 의논을 했어. 세컨드와 경쟁하며 사느니 차라리 죽겠대. 그래도 내가 정 원하면 한 달 동안 버텨 보겠다고 했어. 나는 아빠가 억지로 엄마와 사는 건 싫다고 했지. 버티는 건 더더욱 싫고. 그러니 결론은 딱 하나뿐."

"남의 일이 아니라 너의 일이야."

"말 잘했네. 우리 집 일이야, 너희 집이 아니라."

"공부도 좀 하라고 했잖아. 만일을 대비해서."

"그랬나? 충고는 고마워."

"엄마한테 말할 거야."

"오호! 그래서?"

"부탁해야지. 널 도와줬으면 좋겠다고."

"냉철하신 사업가 엄마가 잘도 들어주겠다."

"다른 사람도 아닌 너잖아. 우리 엄마도 너는 좋아해. 빌어서라도, 공갈 협박을 해서라도 얻어 낼 거야."

"미래의 검사님 입에서 나오는 맑고 우아한 소리 좀 보게나."

"농담 아냐."

"네 엄마가 어떤 사람인지 잊었니?"

"한다니까."

"소용없어. 네가 죽는다고 해도 안 될 거야. 이미 경험해 봤잖아?"

"한다니까."

"해라, 해. 죽을 거면 이번엔 확실히 해."

지선은 소유에게 달려들었다. 둘은 함께 바닥에 쓰러졌다. 난 말리지 않기로 했다. 안내원의 얼굴이 다시 떠올랐다. 안내원은 행복할까? 행복이라니, 아니다. 이 망할 나라에서 중요한 건 행복이 아니라 생존이다. 살아서 버티는. 어떻게 해서든. 소유 아빠가 이혼 사유로 들었던 사랑과는 철저하게 무관한 냉정한 결정.

하긴, 소유 아빠가 말한 사랑도 어쩌면 생존의 다른 표현일 터. 과연 그럴까? 모르겠다. 하나도 모르겠다. 머리가 복잡했다. 귀에서 윙윙 소리가 났다. 나는 하늘을 향해 돌멩이를 던졌고, 그 돌멩이는 정확하게 나를 향해 되돌아왔다.

11장

Red Stage

잠이 안 와서 거실로 나왔다. 피비와 아빠는 나보다 먼저 나와 있었다. 대화를 나누던 모습 같지는 않았다. 얼굴은 굳었고 시선은 겹치지 않았다. TV도 꺼져 있었다. 날씨처럼 을씨년스러운 분위기였다.

과거 두 사람 사이엔 도대체 어떤 일이 있었던 걸까? 시간이 지나면 나아질 줄 알았다. 다정해질 줄 알았다. 웃음이 흐를 줄 알았다. 그게 친구니까. 재회의 어색함이 사라지면 곧바로 옛날로 돌아갈 수 있는 마법이 작용하는 사이. 둘은 달랐다. 처음 순간이 그나마 가장 가까웠다. 그 뒤로는 점점 더 멀어지고 있다. 친구라기보다는 원망하는 상대인 느낌. 보면 볼수록 잊었던 원망이 되살아나 서로를 괴롭히고 상처를 긁어 대는 관계. 아예 모르는 사이보다 더 나쁜. 피비가 나를 보았다. 아주 짧게 웃었다. 분위기 전환이 필요한 시점. 아빠에게 물었다.

"무인도에 두 권의 책을 가져갈 수 있어. 어떤 책을 고를래?"

"페소아의…… 아니다, 육법전서로 할래. 다른 한 권은 『성경』. 법전과 경전만 있으면 무인도에서 법을 지키고 하늘을 섬기며, 엄격하고 자비로운 삶을 살아갈 수 있겠지."

피비가 끼어들었다.

"페소아 책을 고르려던 거 아니었어?"

아빠는 피곤한 눈으로 피비를 보았다. 지친 표정으로 하하하 억지웃음을 지었다.

"싫어. 보나마나 당신이 골랐을 테니까."

"우리 친구 페소아가 지하에서 울겠는걸."

"자꾸 친한 척하지 마. 늙은 개처럼 몸과 영혼이 둔한 인간으로 변해서 하는 말인데, 나는 당신을 용서하지 않았어."

"어떤 부분? 떠난 거?"

"떠난 거…… 다시 돌아오지 않은 거."

아빠의 발음이 살짝 꼬였다. 어쩐지. 왜 이렇게 잘 받아 주나 했다. 아빠는 방에 들어가서 잠을 잔 게 아니었다. 아빠 방에는 미니 냉장고가 있었다. 냉장고에는 물과 맥주만 들었다. 아빠는 1년에 하루 정도 취한다. 심한 주사는 없다. 너그러워지고 말이 많아진다. 1년 치 애정과 충고를 몰아서 선물한다. 하늘이 선물한 이

기회를 놓칠 수는 없다. 나는 단 한 번의 기회만 남은 사람처럼 신중하게 질문을 고르고 골라 물었다.

"변호사 사무소는 그 뒤에 어떻게 됐어?"

두 사람이 동시에 움찔했다. 눈을 마주쳤다가 피했다. 답은 곧바로 나오지 않았다. 그냥 기다리는 것도 괜찮은 방법이었을 것이다. 두 사람 중 누군가는 입을 열었을 테니까. 피비일 가능성은 99퍼센트. 난 시간을 아끼고 싶었다. 적당한 회유와 협박이 필요했다.

"나도 당사자의 한 명이에요. 내 밝은 미래를 위해서라도 알 건 알아야 하지 않겠습니까? 두 분이 말한 비밀도 이미 짐작 가는 바가 있고요."

하늘에 계신 여러 신성한 분들, 부디 저를 용서하소서. 마지막 말은 거짓말이었다. 나는 일이 어떻게 돌아가는지 전혀 모른다. 비밀? 내겐 버겁다. 내 기분은 무척 혼란스러웠다. 우리 세 사람이 함께 처리해야 할 일은 처음에는 무척 간단해 보였다. 악한 도망자 피비를 경찰의 눈을 피해 안전한 장소로 보내는 것. 위험하고 어려운 목표였다. 일 자체가 복잡하지는 않았다. 각자의 임무만 완벽하게 해내고 결과를 기다리면 끝이었다. 어느 순간부터 사태가 꼬였다. 피비는 도망자라기보다 거주자 같았고 태도는 조급하기보다 여유로웠다. 잔뜩 긴장하고 날이 선 건 오히려 아빠 쪽이었다. 마치 아빠가 시간과 적에게 쫓기는 것처럼. 그물에 먼저 걸려든 건 이번에도 피비였다. 사실 피비는 항상 걸려들 준비가 되어 있었다. 목을 내놓고 대기하고 있었다.

"공식적으로 두 사람의 사무소가 되었다. 시드니와 네 아빠. 난 관여할 수 없게 되었으니까. 실질적으로는 바뀐 게 없다고 생각했다. 하던 일을 그대로 하면 된다고 여겼어. 나만의 달콤한 착각이었다. 한 달 후 출근하고 보니 형식뿐만 아니라 실질도 바뀌었다. 하나부터 열까지 완벽하게."

피비는 말을 멈추었다. 아빠를 보았다. 아빠는 피비를 쳐다보지 않았다. 아무 말도 하지 않았다. 피비가 계속 말했다.

"시드니와 네 아빠는 화가 단단히 난 상태였다."

체포되기 전 세 사람은 급하게 작전을 짰다. 무조건 부인하기로. 범죄 행위 규명을 어렵게 만들어 최소한의 처벌로 끝내는 것을 목표로 하기로. 그 약속을 피비가 일방적으로 깼다. 혼자 살기 위해 내린 결정이라면 차라리 고개를 끄덕였을 것이다. 이기주의는 인간 본성에 반하지 않는다. 마음이 아프고 씁쓸해도 받아들일 수 있다. 피비는 다른 길을 걸었다. 혼자서 순교자가 되었다. 자기를 죽이고 나머지 둘을 살렸다. 두 사람이 피를 흘릴 각오를 단단히 했음에도 불구하고. 살려 달라고 울며불며 애원한 것도 아닌데.

아빠는 사무소에 나타난 피비가 앉을 틈도 주지 않고 험한 말을 퍼부었다.

"피비 당신은 자신이 대장인 것처럼 행동했다. 똑똑한 당신 덕분에 나머지 둘은 생각 없이 놀아난 바보 똘마니가 되었다."

팩토리 출신인 아빠는 동료애가 세상 그 무엇보다 중요하다고 믿는 사람이었다. 약속을 무시한 단독 행동은 결과와 무관하게 비판받아야 한다는 것이 아빠의 일관된 생각이었다. 피비는 말했다.

"네 아빠에게 욕먹을 건 각오했지만 시드니는 나를 이해해 주리라 생각했다. 내가 말한 것은 물론 마음에만 담아 둔 것까지 모두. 내 오랜 영혼의 친구 시드니는 나라는 인간을 용서하고 포용해 주리라 믿었어."

시드니는 피비를 추방했다. 이유는 명확하고 간결했다.

"사무소에는 변호사도 있고 자료 조사원도 있다. 사건의 여파로 활동 반경은 당분간 줄어들 것이다. 추가로 더 필요한 사람은 없다는 뜻이다."

피비는 그 말을 재치 있는 농담, 혹은 괴팍한 환영 인사로 여겼다. 웃었다. 나머지 둘은 웃지 않았다. 그제야 정신이 들었다. 심상치 않은 분위기를 알아차렸지만 피비 편은 없었다. 피비는 상실한 변호사 자격증을 임시로 꺼내 스스로를 변호했다. 자신이 했던 바보 천치 같은 (일부러 골라 쓴 단어였다.) 행동 뒤에 숨은 뜨거운 진심을 모르겠냐고 물었다. 시드니는 자신이 했던 말을 조금 바꾸어서 되풀이했다.

"설령 사람이 필요하더라도 널 쓸 수는 없어. 넌 변호사도 자료 조사원도 아니니까."

피비는 목소리를 조금 높였다.

"정말 내 마음을 모르는 거냐?"

시드니는 냉정했다. 진심을 모르는 건, 진심이라는 단어의 뜻조차 모르는 건 바로 피비라고 대답했다. 피비가 항변했다.

"거짓 없는 참된 마음이 바로 진심이지. 내 진심은 하나야. 널 아끼는 친구로서 한 행동이었다는 것. 네가 다치는 게, 상처받는 게 싫었어."

"감동적이네. 우리가 했던 약속은?"

"약속과 진심이 맞선 상황이었어."

"엉터리 변명. 넌 날 동정한 거야. 친구는 동정하지 않아."

"내 머리에 떠올랐던 생각을 솔직히 말할까? 내겐 기회가 또 있을 수 있지만 넌……."

"그게 바로 동정이라고. 난 네 반려동물이 아냐."

반려동물이라니, 피비는 단 한 번도 시드니를 그렇게 여긴 적이 없었다. 억울함을 토로할 새도 없었다. 시드니는 마침표를 확실히 찍는 문장을 말했다.

"결혼할 거야."

"결혼? 누구랑?"

"우리 둘이. 이번엔 제대로."

시드니는 손으로 아빠를 가리켰다. 피비는…… 왜냐고 물었다. 시드니가 대답했다.

"이번 일을 겪으면서 우리만큼 서로를 잘 아는 사람은 없다는 결론에 도달했어. 우리 둘 다 공동 양육소 출신이니까. 과거도 같고 미래를 바라보는 시선도 같아. 우린 우리와 비슷한 이들의 삶을 개선하기 위해 최선을 다할 거야. 우리들의 아이도 우리 식으로 키울 거고. 개천 사정은 개천이 잘 아는 법이니까. 그러니 고상한 백조님께서는 이제 측은한 눈으로 개천을 내려다보는 추잡한 행동은 그만두길 바라."

피비는 이야기를 멈추고 아빠를 보았다. 아빠는 아무 말 하지 않았다. 피비가 말했다.

"혼자 떠드는 건 이제 그만하겠어. 당신 차례야. 호머의 말대로 호머도 알 권리가 있어. 자, 이야기를 해 봐. 우리 모두의 아이 호머가 어떻게 두 사람의 호머가 되었는지, 시드니는 당신에게 어떤 의미인지, 시드니는 어떻게 세상을 버렸는지 하나도 빼놓지 않고 다 이야기해 봐. 혼자 짊어졌던 마음의 짐을 덜 마지막 기회야."

Blue Stage

우리는 피소토 해변으로 떠나기로 한 약속을 지켰다. 소유와 지선은 기초학교에 정식으로 현장 학습을 신청했다. 나? 무단결석을 택했다. 어차피 유령이니까.

우리는 바다가 보이지 않는 기초호텔 방에서 함께 TV로 추첨식을 보았다. 규칙 소개가 유난히 길어 20분을 훌쩍 넘겼음을 밝혀 둔다. 소유는 참지 못했다.

"두더지보다 더럽고 추어탕보다 추악한 연합 정부 인간들."

아마추어의 경지를 넘어섰다고 자부하는 전위 예술가 소유치고는 한심한 수준의 발언이었다. 촌스럽게 라임을 맞춘, 감성보다는 흥분이 앞선. 나는 크크크, 태엽 감는 새처럼 웃었다. 지선은 정색했다.

"보수 연합 정부를 욕할 일은 아니야. 두더지나 미꾸라지에게도 미안한 말이고."

"하여간 저 못 말리는 보수 꼰대 기질. 누가 꼴통 검사 자식 아니랄까 봐."

소유가 지선 엄마의 직업을 들먹인 순간 나는 잠시 긴장했다. 지선은 평정심을 잃지 않았다.

"전직 검사야."

"전직 꼴통 검사 자식."

"부정하지는 않겠어."

"운이 좋아 겨우 히나가 된 주제에 거드름 피우는 엄마라니."

"덕분에 불멸의 신화가 완성되었지."

평소 둘이 주고받던 대화와는 종류가 좀 달랐다. 내 장기인 만담을 둘이 가로채 간 기분이랄까? 이래서야 객원 총사의 자리도 위험하다. 나는 지금껏 벌어졌던 일을 늙은 소처럼 느리게 되새김했다. 흥미로웠던 건 본질과는 무관한 곁다리 이야기였다. 지선 손목에 난 상처의 유래를 정확히 알게 된 일.

3년 전 지선은 기초학교 아이들과 크게 싸웠다. 지선 인생 최초의 싸움이었을 것이다. 첫 싸움치고는 규모가 장대했다. 지선의 약점을 집요하게 놀려 대던 아이들 다섯 명과 기초학교 건너편 언덕 뒤 속칭 결투의 숲에서 싸움을 벌인 것이다. 잘난 맛에 사는 니르바타의 미결정 존재들이 지적한 지선의 약점은 두 가지였다. 지선 엄마가 추첨으로 히나가 되었다는 것, 부끄러운 과거를 지녔음에도 네 번째 배우자인 포스까지 소유한 꼴사나운 인간이라는 것.

검사로도 사업가로도 모두 성공해 인생 대역전의 신화적 주인공이 된 지선 엄마였다. 그런 사람을 추첨으로 히나가 되었다는 오래전 일로 놀려 먹는 건 한심한 발상이었지만 맥락은 이해할 수 있다. 포스에 대한 비난은 내 상식 밖이었다. 세컨드와 서드는 용인하면서 포스는 왜? 숫자 3과 4가 도대체 뭐가 다른 건지. 중요한 건 지선이 1대 5의 불리한 싸움을 자청했다는 것이다. 영혼의 단짝인 소유에게는 알리지도 않고서.

하지만 소유가 누군가? 기초학교에 제왕이 존재한다면 소유였다. 자신을 받드는 무리에게서 소식을 들은 소유는 결투의 숲으로 달려갔다. 지선을 공격했던 다섯을 격전 끝에 제압했다. 지선은 숨을 거칠게 내쉬는 소유와 악수하고 포옹했다. 우정의 승리.

문제는 그날 밤이었다. 자신의 얼굴에 난 상처를 추궁하던 전직 검사 출신 엄마에게 모범 소년 지선은 그날 있었던 일을 솔직하게 털어놓았다. 지선의 됨됨이를 알 수 있는 살아 있는 본보기.

보통의 엄마라면 지선을 위로하거나 소유를 칭찬했을 것이다. 지선 엄마는 달랐다. 먼저 지선을 비판했다. 자신의 몸을 지킬 수 있는 무력을 갖추지 못했다는 이유로. 친구에게 도움을 받고서도 부끄러워하지 않는다는 이유로. 소유 역시 비판했다. 친구에게 제대로 대응할 기회를 주지 않았다는 이유로. 지선 엄마는 지선이 피의자라도 되는 것처럼 냉정하고 강하게 몰아붙였다.

지선은 그날 밤 커터 칼을 손목에 댔고, 병원에 실려 갔다. 다행히 상처가 깊지 않았기에 다음 날 퇴원했고, 집으로 오는 길에 격투기 학원에 등록했다. 이제는 지선이 소유와 대등하게 싸울 수 있는 이유다. 지선은 엄마를 비난하지 않았다. 다만 이렇게만 말했을 뿐.

"추첨으로 히나가 된 사람이니까. 나라도 그랬을 거야. 홀로 늦게 출발한 히나가 경주에서 이기려면 정상적인 방법으로는 불가능했을 테니까."

엄마에게 도움을 요청하겠다는 지선을 소유가 만류한 건 타당했다. 지선 엄마가 어떤 사람인지 소유도 잘 알고 있기 때문이었다. 그러나 지선은 지선이었다. 이 모범적인 미결정 존재의 뇌 구조는 특이해서 한번 마음먹은 것을 도무지 번복할 줄 몰랐다. 지선은 공갈 협박을 하겠다는 공약대로, 효과가 없는 걸 알면서도 다시 손목을 들이밀며 위협했으며, 집을 나가 다시 돌아오지 않겠다고 선언했다. 어떤 수단이 먹혔는지는 모르겠다. 어찌 되었건 협상안 하나를 얻어 내는 데 성공했다. 소유 아빠를 만나 '제안'을 하겠다는 것.

어떤 제안인지 확실히 밝히지도 않았다. 그래도 의미 있는 발언이었기에 지선은 소유에게 전했다. 소유는 고개를 저었다. 물러설 지선이 아니었다. 지선은 엄마, 아빠와 함께 직접 소유 아빠를 찾아갔다.

결과만 말하자. 지선 엄마는 제안을 꺼내지도 못했다. 퍼스트로서의 자존감이 유별나게 높았던, 그 자존감을 사랑이라 여기며 버텼던 소유 아빠는 말할 것도 없다며 협상 창구를 닫았다. 일단 들어 보기나 하라는 지선 아빠의 말에도 이미 결론 난 이야기라고 대응했다. 소유 또한 아빠 편에 섰다. 울며 매달려도 모자랄 판에, 아빠의 팔을 끼고 빙긋빙긋 웃으면서. 그것으로 협상은 끝이었다.

"이제 시작한다."

우리는 TV로 시선을 돌렸다. 추첨통이 빠르게 회전하는 중이었다. 곧바로 통이 멈추고 혀를 쑥 빼며 급하게 내민 첫 숫자는 0. 나와 지선의 시선이 동시에 소유에게 향했다. 소유는 웃음 띤 얼굴로 회전통을 흉내라도 내듯 혓바닥을 쑥 내밀었다. 두 번째 숫자는 6, 세 번째 숫자는 1이었다. 지선은 "이게 뭐야." 하고 중얼거렸다. 지선은 좀비처럼 표정 없는 얼굴로 TV 앞에 한 걸음 다가갔다. 소유는 목이 아픈 듯 인상을 살짝 구기며 머리를 둥글게 돌렸다. 곧바로 네 번째 숫자 5가 나왔다. 0615. 보고도 믿기지 않았다. 당첨 번호는 소유와 지선의 생일이었다. 소유가 손뼉을 쳤다.

"영광스러운 트리플 크라운을 내 눈으로 보게 될 줄이야. 별따랑, 그대가 해냈군. 진심으로 축하해!"

소유가 지팡이를 이용해 축하 쇼를 펼치는 동안 지선과 나는 말을 잃었다. 지독한 아이러니였다. 행운이 필요했던 건 지선이 아니라 소유였다. 숫자는 또 뭔가? 그냥 생일을 적는, 나 같은 루저들이나 사용하는 무식하고 촌스러운 방법이 한 사람의 운명을 결정하다니. 더더욱 웃긴 건 어차피 마지막이니 함께 생일을 적자고 지선이 권유했고, 소유가 잠깐 고민하다 거절했다는 점이다. 축하쇼를 마친 소유는 있지도 않은 치마를 들어 올리는 시늉을 했다.

"고대부터 이어져 온 유구한 역사를 자랑하는 우리 니르바타의 저명한 총사님들아, 이제부터 법률에 따라 저를 태훈이라는 어여쁜 이름으로 불러 주시면 감사하겠습니다."

"닥쳐! 넌 영원히 소유야."

지선은 울기 직전의 얼굴이었다. 소유는 내게 손을 쓱 내밀며 물었다.

"눈물 많은 별따랑 총사님의 의향이 그러시다면 뭐 어쩔 수 없지요. 상스러운 욕까지 하다니 좀 그렇습니다만…… 자, 우리 어이없음의 숨은 대가 달따랑 총사님 생각은 어떠십니까?"

미처 대답할 겨를도 없었다. 지선이 눈물을 터뜨렸다. 흑흑이 아니라 펑펑. 소유는 눈가를 슬쩍 훔쳤다. 지팡이를 휘두르며 재빨리 지선 곁으로 간 소유는 손을 뻗으며 독백을 시작했다.

"인생은 걸어가는 그림자. 주인공으로 등장하는 시간엔 신나서 우쭐우쭐, 그 시간이 끝나 버리면 쭈글쭈글 가련한 배우! 우리 달따랑은 무슨 뜻인지 알겠나?"

"뭐야? 연극인가? 이번엔 배우가 되려고?"

"그렇다면?"

"배우들이 가련하고 불쌍하긴 하지. 먹고살기가 정말 힘들다더라. 배우지를 못해서 그런가?"

소유가 과장되게 깔깔 웃었다.

"역시 달따랑은 무한 신뢰의 상징이야. 실망을 안 시킨다니까. 셰익스피어도 단칼에 베어 버리는 저 무서운 솜씨."

"섹시 스피어? 이름이 참 특이한 히나네. 흐흐, 너무 노골적인 거 아냐?"

셰익스피어도 모른다며 소유가 나를 실컷 놀려 먹는 동안 에밀리 맥베스[+]의 운명을 잠깐 생각했다. 맥베스는 무엇을 잘못한 것일까? 잘나가던 인생이, 성실했던 인생이 도대체 언제부터 꼬인 것일까? 과연 맥베스의 잘못이기는 할까? 셰익스피어는 왜 그렇게 잔인한 글을 쓴 것일까? 가련하고 불쌍한 우리의 맥베스.

+ 우리 세계에서는 맥베스라고만 부른다. 셰익스피어 비극의 주인공.

12장

Red Stage

『성학십도』 제1장에는 다음과 같은 문장이 있다.

하늘의 강건은 히나를, 땅의 수용은 브로글을 낳았다. 두 기운은 서로에게 반응하고 영향을 미쳐 수많은 사물을 탄생시키고 변하게 한다.

솔직히 말한다. 백 번을 읽어도 의미가 확 와닿지 않는 글이다. 그래서 나는 내 마음대로 해석한다.

히나와 브로글이 만나 탄생시킬 수 있는 가장 확실한 존재는 아이이다. 모부의 양육 아래 아이는 변화하고 자란다. 생성과 변화는 끝이 없다…… 나는 그렇지 않았다. 비밀 이야기가 오갈 때 주인공은 나라는 걸 직감했다. 나는 시드니가 아닌 피비가 내 친엄마일지도 모른다고 생각했다. 정답은 아니었다. 시드니와 아빠는 나를 탄생시키지 않았다. 피비 역시 마찬가지였다. 그들은 끝없는 변화, 즉 양육만 담당했다. 나는 공동 양육소 출신이었다.

아빠의 말을 들으니 비로소 고개가 끄덕여졌다. 시드니와 아빠는 똑똑한데 나는 왜 멍청한지. 아빠는 단호한데 나는 왜 우유부단한지. 아빠는 이목구비가 반듯한데 나는 왜 흐리멍덩한지. 하나부터 열까지 시계 부품 조립하듯 앞뒤가 완벽하게 맞아떨어졌다.

"괜찮아?"

아빠의 질문이었다. 나는 괜찮다고 말했다. 충격? 별로 없었다. 아빠는 평범한 생부 이상으로 내게 잘해 주었다. 열다섯 살 생일이 코앞이다. 이미 다 컸으니 달라질 것도 많지 않았고. 생부 추적? 관심 없다. 내 수준을 보면 생부 수준도 짐작할 수 있다. 서로 모르고 사는 게 좋다. 아빠는 곧장 다음으로 넘어갔다.

"셋의 관계부터 제대로 정리하고 넘어가는 게 좋겠어."

아빠는 피비를 좋아했다. 처음부터는 아니었고 점점 좋아하게 되었다. (이해한다. 피비는 첫눈에 반할 사람은 절대 아니다.) "외유내강이 사람으로 변한 것 같았지."라고 아빠는 말했다. 겉은 부드럽고 속은 강했다는 뜻이다. 겉과 속이 모두 버석한, 반쯤 허물어져 보이는 모래성 같은 지금의 피비에겐 찾기 어려운 특성이다. 지나간 이야기를 들을 때는 그래서 적당한 상상력이 필요한 법이다. 옛이야기란 기본적으로 지나간 이야기, 낡은 이야기니까.

아빠는 피비의 정의감도 높게 평가했다. 부유한 집안에서 태어나 아무 어려움 없이 살던 히나가 모부와 절연하고 오직 최하층 브로글들을 위해 일하기로 마음먹은 것, 지속적으로 그 결심을 실천에 옮기는 것은 정의감 없이는 불가능하다고 믿었다.

아빠의 고백에 피비는 망설이지도 않았다. 빠르고 명확하게 대답했다. 아빠는 다시 찾기 어려운 좋은 친구라고. 최고의 동료로 평생을 지내고 싶다고. 두 사람이 사랑과 우정 사이에 찍은 방점은 위치가 달랐다. 아빠는 매달리는 유형이 아니었다. 지나치게 빠르고 명확한 대답이 마음에 약간의 상처를 주었지만, 곧 잊었다. 아빠는 말했다.

"그날로 피비를 포기했어."

몇 개월 후 세 사람은 공동 양육소 비리 사건을 맡았다. 팩토리만큼이나 문제가 많은 곳이 바로 공동 양육소였다. 국가 보조금과 관련된 온갖 문제가 얽혀 있는데다가 뒤를 봐주는 이들이 많다는 점도 팩토리와 비슷했다. 잘못 건드렸다간 어디서 어떻게 터질지 몰랐다. 세 사람은 소장에게 벌금형을 받게 하는 형식적인 처벌로 만족해야만 했다. 만족스럽지 못한 마음 때문이었을까, 세 사람은 즉흥적인 (이 표현을 쓰면서 아빠는 미안해했다. 심사숙고였다고는 도저히 말할 수 없다고 덧붙였다.) 결정을 내렸다. 공동 양육소 아이에게 새로운 삶을 선물해 주기로.

먼저 불을 지핀 건 피비였다. 공동 양육소 출신인 두 사람이 생각하고 있으면서도 입 밖에 내기 어려웠던 말을 피비는 쉽게 했다. 아빠는 말했다.

"호머 널 고른 사람도 피비였어. 아니 그 반대인가? 그날의 풍경은 아직도 뚜렷하게 기억나. 네가 피비에게 기어가서 손을 잡았고 조금 웃다가 크게 울었지. 너는 울음을 그치지 않았고 피비는 난감해 했지. 피비는 너를 달래며 말했어. 너의 울음을 영원히 그치게 해 줄 방법을 찾아야겠다고 말이야. 시드니와 난 물론 동의했지. 그렇구나. 실은 네가 한 거로구나. 네 울음이 네 운명을 바꾼 거야."

세 사람이 나를 입양하기 위해서는 해결해야 할 일이 있었다. 결혼한 부부만이 입양할 수 있기 때문이다. 시드니와 피비는 가위바위보를 했고 (아빠는 이번에도 미안해했다. 하지만 세 사람은 진지했다고 말했다.) 시드니가 이겨서 결정권을 얻었다. 시드니는 자신이 엄마가 되겠다고 했다. 시드니와 아빠는 혼인 신고를 했다. 진짜 부부가 된 것은 아니었다. 오직 나를 입양하기 위한 형식적 절차였을 뿐이다.

입양 절차에 관한 한 이 나라는 허술하기 그지없다. 혼인 신고서만 내면 그것으로 끝이다. 공동 양육소 아이들의 미래에 대해 별반 관심이 없으니까. 입양과 관련한 범죄가 종종 일어나는 이유다. 물론 세 사람은 범죄와는 무관했다. 나는 아빠와 함께 살았고, 시드니와 피비는 공동 양육자의 책임을 다했다. 아빠는 말했다.

"시드니보다는 피비가 오히려 엄마 역할을 제대로 했지. 피비는 내 짐작대로 세심했고, 시드니는 아이 돌보는 것을 무서워했어. 두 사람 다 열심히는 했어. 피비는 자의로, 시드니는 의무로."

정치 경찰들이 사무소에 쳐들어온 건 나를 입양하고 1년 정도 흘렀을 즈음이었다. 그리고 몇 달 후 상황은 급변했다. 시드니와 아빠는 진짜 부부가 되었다. 이번에는 제대로, 함께 사는 가족이 되어 피비를 완전히 추방했다. 피비에게 항변할 기회도 주지 않았다. 피비는 조용히 물러났다. 다시 찾아와 사과하지도 않았고, 받아 달라고 빌지도 않았다. 그리고 두 사람은 피비 때문에 제대로 끝을 보지 못한 사건, 즉 A를 뒤쫓는 사건에 다시 매달렸다. 아빠는 말했다.

"호머 너에게 부끄러운 모부가 되고 싶지는 않았거든. 너를 위해 조금이라도 더 나은 세상을 만들자고 약속했거든."

결심은 단호했다. 현실은 냉정했다. 둘보다 유연한 중재자 피비가 있을 때도 해결하기 어려운 사건이었다. 늪에서 헤매고 헤매던 두 사람은 실질적으로 사무소를 지탱하고 보호한 건 피비라는 사실을 깨달았다. 계속 간다? 뻔한 결말이 예상되었다. 아빠는 잠깐 멈추자고 말했다. 피비를 만나 보자고 했다. 친구로 지내는 게 싫다면 전략적으로 제휴하자고 했다. 시드니는 듣지 않았다. 절대로 피비에게 먼저 손을 내밀어선 안 된다고 했다. 이유가 놀라웠다. 그랬다간 친구로서의 피비와는 영원히 이별하게 된다고 했다. 시드니는 그렇게 살고 싶지는 않다고 했다, 피비 없는 세상은 지옥이라고 했다…….

아빠는 시드니의 결정에 동의했다. 시간을 조금 더 주자고 생각했다. 그리고 곧 후회했다. 정신세계가 나머지 둘보다 허약했던 시드니는 합의도 없이 마지막 수단을 썼다. 한밤중에 야구 방망이를 들고 (그렇다. 야구 방망이였다!) A의 집으로 가서 A를 마구 때렸다. 야구 방망이는 부러졌고, A는 정신을 잃었다. 시드니는 준비해 간 약을 먹고 스스로 목숨을 끊었다. 아빠는 이상한 인용구를 덧붙였다. 아빠보다는 피비에게 더 잘 어울리는.

"제인 한트케[+]가 어느 글에선가 썼지. '타인의 뿌리를 뽑는 일은 잔인무도한 범죄다. 스스로의 뿌리를 뽑는 일은 위대한 성취다.' 시드니는 어떤 면에서는 성취를 이룬 셈이었지."

할 말이 많은 것 같았는데 입 밖에 낼 말이 없었다. 물어보고 싶은 게 많았으나 물어볼 것을 결정하기는 쉽지 않았다. 그래서 물었다.

"A는 어떻게 되었나요?"

아빠가 한숨을 쉬며 말했다.

"다른 팩토리의 공장장이 되었다는 소식은 들었어."

"더 재미있는 사실 알려 줄까?"

피비는 자신이 임시 관리자로 일한 팩토리의 공장장이 바로 A라고 말했다.

+ 우리 세계에서는 페터 한트케라 부른다. 작가. 『소망 없는 불행』 등을 썼다.

"A가 날 알아보고는 뭐라고 한 줄 아니? 내 책 잘 읽었다고 하더라. 전직 변호사가 쓴 책이라 그런지 무척 논리적이면서도 감동적이었다고."

피비는 크게 웃었고, 이번에는 아빠도 따라 웃었다. 나는 잠깐 생각하다가 조용히 웃었다. 웃음이 잦아들기를 기다린 후 피비가 물었다.

"혹시 내 책 읽었어?"

아빠는 짧게 대답했다.

"소설 나부랭이 읽을 시간은 없어."

"소설 나부랭이……."

"그래, 나부랭이."

피비가 잠깐 뜸을 들였다가 말했다.

"몇 번이나 찾아가려고 했어. 마지막 순간에 가지 않기로 결정했지. 당신은 몰라도 시드니에겐 시간이 더 필요하다고 생각했으니까. 난 시드니 마음을 그 누구보다 잘 안다고, 그 시점에도 계속 생각했으니까. 항상 그렇듯 잘못된 결정과 생각이었고. 난 시드니를 전혀 모르는 사람과 다를 바가 없었던 거야."

피비는 동의를 구하듯 아빠를 보았다. 아빠는 아무 말도 하지 않았다. 새벽이 가까워서야 이야기는 끝났다. 우리는 각자의 영역으로 돌아갔다. 잠이 오지 않았다. 드문 일이었다. 깨어 있는 밤은 무섭다. 지루하고 어려운 책이 필요한 순간. 『성학십도』는 나를 실망시키지 않았다. 나는 『성학십도』 제1장을 읽으면서 내가 하고 싶었던 질문을 생각했다. '아빠는 시드니를 좋아했어?' 그 단순한 질문에서 나는 더 나아가지 못했다. 『성학십도』 몇 줄을 반복해 읽다가 그대로 잠이 들었다.

> 성인들의 덕은 천지와 조화를 이루었다. 그들은 해와 달처럼 똑똑했고, 계절의 운행처럼 조리 있게 행동했다.

Blue Stage

우리는 준비를 마쳤다. 아빠를 위한 맥주, 나를 위한 콜라. 피자는 우리 둘의 호화로운 저녁 식사. 아, 정화수도 있다. 창문턱에 놓인 화룡점정의 소품. 뭉툭하게 이가 나간 사기그릇에 담겨 모조 다이아몬드처럼 반짝거리는 물. 오가며 보다가 "혹시?" 하고 물었다. 아빠는 주어도 목적어도 없는 선문답을 곧바로 알아들었다.

"절대 아냐."

거짓말. 아빠는 물그릇 앞을 지날 때마다 고개를 숙이고 눈을 감은 채 입술을 움직였다. 정화수가 아니라면 도대체 뭐겠는가? 확신하지는 않는다. 이야기책 말고는 정화수라는 단어나 물건을 들어 본 적도, 실물로 본 적도 없기 때문이다.

"오늘은 왠지 예감이 아주 좋아."

아빠가 맥주 캔을 들어 물기를 털며 말했다. 대꾸하지 않았다. 아빠는 맥주를 꿀꺽꿀꺽 요란한 소리를 내며 마셨다. 내가 제일 싫어하는 행동들. 나를 자극하기 위한 뻔한 의도. 애써 꾹 참았고, 무시했다. 아빠는 내 얼굴을 잠깐 쳐다보았다. 피자 한 조각을 손에 들고 갑자기 꿈 이야기를 펼쳤다. 사흘 연속으로 꾸었다는 희귀한 꿈이라는 진부한 서두와 함께.

"끝이 보이지 않는 일망무제의 신비한 풀밭을 걸었어. 갑자기 신발 주위가 환해지는 거 있지? 혹시 황금? 손으로 다급하게 팠더니 아, 확 풍겨 오는 더러운 냄새! 똥이더라, 똥. 비록 냄새는 상한 젓갈처럼 무지하게 심했어도 때깔 하나만큼은 세상 그 무엇보다 환히 빛나는 황금박쥐 똥. 그 꿈을 3연전 경기하듯 내리 사흘을 꾸었다니까. 이게 징조가 아니면 뭐겠니?"

어젯밤에도 내 방에 찾아와 들려주었다는 사실을 벌써 잊었나? 노망이라기엔 좀 많이 젊은데. 아무 말도 하지 않았다. 사소한 개편이 눈에 띄었다. 어제는 황금 똥이었는데 지금은 황금박쥐 똥이 되었다. 황금박쥐가 원난성인지 자바섬인지 먼 나라 동굴에 처박혀 산다는 걸 어디선가 들은 것 같다.

황금이건 황금박쥐건 똥이 나오는 꿈은 개꿈보다 못한, 문자 그대로 똥 꿈이다, 사흘 연속으로 꾼 건 강박 관념과 원망 충족의 우중충한 반영이라고, 안나 프로이트+의 명저 『꿈의 해석』에 나오는 문장을 그대로 쏘아붙이려다가 꾹 참기로 했다. 아빠의 얼굴은 진지했다.

진지한 아빠는 늘 나를 목마르게 한다. 콜라 캔을 집으려고 손을 뻗었다. 놓쳤다. 콜라 캔이 쓰러졌고 검은 액체 속 탄산이 반응한다. 탁탁탁 전기 튀는 소리를 내며 흘러 피자를 적셨다. 이것 또한 징조일까? 아빠가 재빨리 캔을 세우고서 말했다.

"긴장할 거 없어."

"긴장한 거 아냐. 손에 땀이 나서 그래."

"긴장하니까 땀이 나지."

"더우니까 땀이 나는 거야. 실내 습기가 워터파크 수준이니 캔도 질펀하니 미끄럽고. 제발 에어컨 좀 달지? 중고는 얼마 안 해."

"산바람이라 시원한데 뭘. 그리고 싼 게 비지떡, 중고는 전기를 엄청나게 잡아먹는다는 거 모르니?"

"내 손에 나는 땀이야. 왜 나는지는 내가 더 잘 알아. 내가 덥다는데 뭔 말이 그렇게 많아?"

쏘아붙이듯 빠르게 몰아붙였다. 아빠는 아무 말도 하지 않았다. 그래서 기분은 더 푹 젖었다. 아, 오늘도 지고 말았다. 아빠는 나를 자극해 불쾌한 신경 반응을 일으키는 데 성공했다. 집요한 아빠 같으니. 아나운서의 입에서 드디어 추첨이라는 단어가 나왔다. 아빠가 자연스러움을 어색하게 연기하는 목소리로 물었다.

✦ 우리 세계에서는 지그문트 프로이트라 부른다.

"몇 번이라고 그랬지?"

알면서도 자꾸 되묻는 아빠에게 짜증이 났다. 날이 날이니만큼 한 번 더 참기로 했다. 아빠는 진지하고 절박했다. 기왕 둘이 함께 마지막 추첨식을 보는 마당이니까 그래, 견디자. 어설픈 희망 따위도 이번으로 모두 끝이다.

"0049."

"왜?

"그냥."

아빠는 맥주를 한 모금 마셨다. 내 얼굴을 보며 빙긋 주름지게 웃었다.

추첨통에서 공 하나가 굴러 나왔다. 아나운서는 공을 손에 들고 경직된 목소리로 숫자를 불렀다.

"영!"

아빠는 남은 맥주를 단번에 다 비우고 크, 소리를 냈다. 나는 슬며시 등을 똑바로 세웠다. 두 번째 숫자는, 7이었다. 아빠는 TV를 껐다. 내 손을 잡으려 했다. 재빨리 뒷짐을 져서 손을 피했다. 아빠는 빈 맥주 캔을 쭈그러뜨렸다. 힘이 과했다. 손에선 피가, 입에선 짧은 비명이 나왔다. 몇 초 후 긴 대책도 함께 나왔다.

"어리석은 자들이나 행운에 기대는 법이야. 실망할 것 없어. 네 생일까지는 아직 시간이 많으니까 걱정하지 마. 미리 포기하는 것처럼 나쁜 게 없어. 아빠가 어떻게든 해결할게. 여기까지 온 마당에 플랜 B가 설마 없겠니? 내가…… 한다면 하는 사람인 거, 너도 알지?”

아빠의 말이 다 거짓은 아니었다. 내 생일까지는 아직 7일, 즉 최대 168시간이 남았다. 아빠는 끈기와 집념으로 무장한 계획 중독자였다. 자신의 목숨마저도 담보로 내놓을 수 있는 기개를 지닌. 아빠는 휴지로 피를 닦았다. 노출된 손목을 보았다. 나를 위해 살아왔음을 보여 주는 확실한 증거의 보관소. 그래, 선심을 쓰는 데는 돈이 들지 않는다. 아빠에게 힘을 실어 주기로 마음먹었다. 어떻게, 하고 묻지 않고 고개를 끄덕였다. 아빠는 웃었다. 괜히 미안해졌다. 변명을 했다. 입 밖에 내자마자 곧바로 후회한.

“공부나 좀 열심히 할걸.”

“왜 안 했니?”

“안 하지는 않았어.”

“그런데?”

“잘 안 되더라.”

“넌 머리가 나쁘지는 않아. 그런데…….”

“그런데?”

“공부 머리는 아냐.”

“그게 아빠가 할 말이야?”

윙크로 화답한 아빠는 냉장고 문을 열고 맥주 한 캔을 새로 꺼냈다. 맥주를 들고 돌아오던 아빠의 눈이 정화수로 향했다. 정화수를 싱크대에 쏟아부으며 말했다.

"벌써 쉰내가 나네. 시원한 바람이 불어도 여름은 여름이야. 자연은 참 아름답고, 정직해."

13장

Red Stage

피크닉을 다녀오기로 했다. 피비와 아빠와 나, 세 사람이 처음으로 함께하는 피크닉. 멀리 가고 싶었다. 산을 넘고 싶었고, 들을 건너고 싶었다. 바다와 등대가 보이는 곳이라면 안성맞춤일 것이다. 10년 뒤에 부쳐 준다는 우체통에 편지도 써서 넣고.

우리에겐 귀찮은 동행자가 있었다. 그들이 암묵적으로 허락한 영역은 산 정상과 경계 문을 잇는 가상의 선 안쪽이라는 것을 우리는 안다. 산을 넘고 경계 문을 지나는 순간 그들이 흉포하게 달려들 것이고 일은 복잡해질 것이다. 여우처럼 영악하게 행동해야 했다. 우리가 고른 장소는 시내 한가운데 자리한 212 공원이었다. 감흥은 적지만 문제의 여지는 전혀 없는 장소. 시시하고 뻔한 장소. 영악이라는 단어는 취소해야겠다.

좀처럼 쉬는 법이 없던 아빠도 휴가를 냈다. 김밥과 샌드위치도 정성껏 준비했다. 즉흥적인 결정이라 원하는 대로 만들기는 어려웠다. 최소 재료주의 원칙을 어쩔 수 없이 준수했다.

공원에 도착한 우리는 캠핑 영역에 자리를 잡았다. 사무소로 가서 텐트 세트를 빌렸다. 비용은 피비가 부담했다. 피비는 졸부처럼 경망스럽게 지갑을 흔들며 마음껏 쓰라고 말했다. 호화로운 6인용 텐트를 설치하고 두껍고 넓은 돗자리를 깔았다. 호수가 보이는 쪽으로 의자 세 개를 놓고 탁자를 놓으니 세상을 다 가진 느낌이었다. 경찰들 쪽을 보았다. 비옷을 입은 경찰들은 가지만 남은 플라타너스 아래에서 몸을 떨며 불쌍하게 서 있었다. 날은 흐렸다. 바람은 차가웠다. 비가 올 것 같지는 않았다. 피비가 물었다.

"도피 생활의 첫 번째 규칙이 뭔 줄 아니?"

"흔들리지 않는 단단한 마음인가요?"

피비는 손가락으로 경찰들을 가리켰다.

"비옷 입은 경찰을 조심하는 거야."

싱거운 소리였다. 꼭 피비 같은. 나는 나중에야 그 말이 피비의 창작품이 아니라는 것을 알았다. 전설적인 포크 가수 캣 딜런+의 생애를 포스트모던하게 다룬 영화에 나오는 대사였다. 영화에서

+ 우리 세계에서는 밥 딜런이라 부른다. 가수, 시인. 〈Blowin' in the Wind〉 등 수많은 히트곡이 있다.

말하는 두 번째 규칙은 더 의미심장했다. '사랑과 열정을 조심하라. 언제든 변하기 때문에.' 물론 그건 나중 이야기였다. 나는 그냥 웃어 주었다. 피비는 자신의 재치에 충분히 만족했다. 우리는 각자의 음료수를 들었다. 피비가 제안했다.

"달리기 내기할까?"

잘못 들었나 싶었다. 나는 열네 살이고, 피비는 마흔아홉 살이다. 내 육체 능력은 최고조에 가까웠고 피비는 부서지기 직전이었다. 분수를 모르고 힘껏 달리다간 죽을 수도 있다. 피비가 비웃으며 내 신경을 건드렸다.

"네 눈엔 늙어 빠진 히나로 보이겠지. 네 오만한 편견을 산산이 부숴 줄 테다."

즐거운 피크닉이다. 피비는 돈도 많이 썼다. 어차피 얼마 후면 이별, 소원 하나 들어주지 못할 이유는 없다. 우리는 호수를 한 바퀴 돌기로 했다. 넉넉하게 계산해도 300미터 미만이다. 피비는 죽지 않을 것이다. 99.99퍼센트의 확률로. 0.01퍼센트는 어차피 신의 영역. 피비는 러닝화 끈을 고쳐 맸다. 나는 신발은 만지지 않았다. 다리만 몇 번 높이 들었다. 드물게 기분이 좋은 아빠는 우리의 어리석은 대결에 기꺼이 동참해 출발 신호를 보냈다. 피비는 앞으로 나아갔고, 나는 피비의 등을 보면서 달렸다. 중간 지점에서 피비를 따라잡으려다 마음을 바꾸었다. 오늘은 피비의 날, 뒤늦은 생일 파티, 피비를 즐겁게 해 주고 싶었다.

결과는 나의 승리였다. 결승점을 얼마 앞둔 지점에서 피비가 고꾸라졌기 때문이다. 승부 조작도 쉬운 일은 아니었다. 생각지도 못한 변수가 늘 등장한다. 때맞춰 터진 경찰들의 웃음이 피비의 마음에 상처를 남겼다. 피비는 돌 조각들을 탓했다. 돌 조각들을 손으로 뿌리고 발로 걷어찼다. 자신이 넘어지지 않았더라면 반드시 이겼을 거라고 말했다. 나는 아무 말도 하지 않았다. 아빠는 웃었다. 그리고 말했다.

"두 사람, 닮았더라."

아빠는 더 말하지 않았다. 뭔가를 생각하는 표정이었다. 나? 할 말이 많았다. 하지만 아무 말 하지 않았다.

몸을 따뜻하게 만든 우리는 음식을 먹었다. 평소와 같은 침묵이 이어졌다. 이건 아니라고 느꼈다. 평범한 가족은 집에서는 조용히 TV를 본다. 피크닉 자리에서는 떠들썩하게 요란을 떤다. 요란을 떨 사람은 나밖에는 없었다. 피비에게 물었다.

"페소아의 책인가요?"

피비가 들고 온 책, 『성학십도』 외의 다른 책을 말하는 것이다. 피비가 책을 집어 들면서 말했다.

"맞아. 페소아를 빼놓을 수는 없지. 언제 어디서건 좋은 책이지. 당연히 피크닉에도 잘 어울리고."

피비는 아빠를 보았다. 아빠는 아무 말도 하지 않았다. 시선이 다른 곳에 있었다. 머릿속이 바빠 보였다. 피비에게 물었다.

“무인도에 가져갈 두 권의 정체가 다 밝혀졌네요. 즉석 인터뷰 들어갑니다. 두 권을 고른 이유는요?”

“둘 다 끝까지 읽을 수 없는 책들이니까. 시간을 무한대로 준다고 해도.”

알쏭달쏭한 대답이었다. 유한한 책을 무한의 시간으로도 읽을 수 없다? 그럼 무한의 책? 피비의 설명을 기다렸다. 피비가 말했다.

“『성학십도』의 부제는 ‘인간을 완성하는 길’이야. 굉장한 목표를 가진 책이지. 다짐이 아닌 하루하루 반복된 훈련을 통해서 말이야. 흠이 없는 완벽한 인간으로 거듭나기 전엔 다 읽었다고 말할 수 없지. 『불안의 책』의 다른 이름은 혼란이야. 시작도 끝도 없는 혼란. 페소아가 의도적으로 버려 두고 뒤섞은 원고라 실은 책 자체도 미완성이고. 미완성 상태의 혼란을 다 읽을 수 있는 방법은 처음부터 없다는 뜻.”

“옛날 방식으로 읽어 볼까?”

생각을 마친 아빠가 끼어들었다. 아빠는 책을 낚아챘다. 그리고 펼쳐서 읽었다.

이 삶이 우리에게 베풀어 준 한 가지가 있다면 바로, 무지라는 선물이다. 자기 자신을 모르는 무지와 상대를 모르는 무지가 바로 그것이다.

아빠는 내게 책을 건넸다. 아빠가 말했다.

"규칙은 간단해. 펼쳐서 나오는 쪽을 소리 내 읽는 거야. 처음과 끝을 정하는 건 읽는 사람의 자유. 전체를 다 읽어도 좋고 한 줄만 읽어도 좋아. 선택에 따라 느낌은 달라지지. 한 줄을 더하고 빼는 것에 따라 완전히 다른 세상이 나타나."

나는 고개를 끄덕였다. 책을 펼쳤다. 잠깐 머뭇거리다가 읽을 내용을 결정했다.

아무도 없는 산봉우리에 오르면 특권을 누리는 기분이다. 내 신장 덕분에 산 정상보다 높아진다. 자연에서 가장 높은 곳이 나의 두 발 아래에 있다. 나는 세상의 왕이다.

피비에게 책을 건넸다. 피비는 모범적인 방식을 보여 주겠다고 말했다. 긴장감을 잃지 않도록 하는 것이 최고의 재미를 얻는 비결이라고 말했다. 피비는 책을 펼치자마자 곧바로 읽었다.

지나치게 많이 먹었을 때의 느낌을 비유적으로 안다.

피비가 말했다.

"이거 내 얘기냐?"

피비는 웃었다. 나도, 아빠도 웃었다. 피비가 구사한 최고의 유머, 따뜻한 유머. 페소아는 우리 셋을 웃게 했다. 페소아는 인생의 즐거움을 아는 사람이었다. 훌륭한 사람, 고마운 책. 즐거운 혼란을 창조한 페소아의 인생이 궁금했다. 나는 나중에야 페소아의 삶을 알게 되었는데 페소아는 말 그대로 혼란의 대마왕이었다. 사랑스럽고 존경스러운 대마왕. 피비가 말했다.

"옛날과 다를 바가 없네. 그때도 셋이 함께 책을 읽으면서 웃고 떠들었는데."

아빠는 아무 말도 하지 않았다. 나는 피비가 쓴 표현 '셋'에 대해 생각했다. 어젯밤에 잠깐 떠올렸던 아빠와 시드니의 정확한 관계에 대해서도 생각했다. 피비가 말했다.

"셋이 함께 그림을 보러 간 적도 있었지. 〈추성부도〉를 보기 위해 아침 일찍부터 무척이나 서둘렀지. 덕분에 우린 미술관이 문을 열기도 전에 도착했고 한 시간 동안 독점하다시피 〈추성부도〉를 볼 수 있었지."

아빠가 말했다.

"그렇게 늙고 주름진 그림은 본 적이 없어. 속으로 우는 그림이었어."

아무도 대꾸하지 않았다. 아빠가 다시 말했다.

"아름다운 그림이었어."

피비가 말했다.

"사실은 그날……."

아빠가 피비의 말을 끊었다.

"당신 책 읽었어."

"소감?"

"지루하더라."

"그게 다야?"

"내 스타일은 아님."

"여전히 소설 나부랭이?"

"그건 절대 바뀌지 않아. 이제 슬슬 본론으로 들어가야겠지?"

그렇다. 우리에겐 할 일이 있었다. 피비를 위한 계획, 우리 셋을 위한 계획. 피크닉은 동행자를 위한 위장이었다. 공작이 화려함으로 보는 이를 현혹하듯. 우리는 등잔불 아래가 가장 어둡다는 격언의 신봉자들이었다. 우리는 피비의 탈출 방법을 논의했다. 아빠가 주도했다. 아빠는 원래의 계획에 우리의 달리기 모습에서 얻은 힌트를 더해 새 의견을 냈다. 피비가 질문을 했고, 고개를 끄덕였다. 나는 처음엔 반대했다가 고개를 끄덕였다. 아빠의 전략이 싫어서가 아니라 좀 기분이 나빠서.

바람이 조금 더 차가워졌다. 구름도 조금 더 짙어졌다. 우리는 피곤했다. 전날 우리의 취침 시간은 늦었다. 몇 시간 후 일어나 샌드위치와 김밥을 만든 일은 단순하건 복잡하건 간에 상상 이상의 중노동이었다. 보람은 있었다. 우리는 함께 웃었고, 함께 결론을 냈다. 의견의 일치는 처음이었다. 어쩌면 우리는 서로를 아끼고 인정하고 존중하는 특별한 가족이 되었는지도 몰랐다.

우리는 텐트 세트를 반납했다. 피비에게 부탁했다. 페소아의 힘을 한 번 더 시험해 보고 싶다고. 피비가 얼마든지, 하고 말하며 책을 건넸다. 펼쳤다. 나는 읽지 않고 다시 피비에게 돌려주었다. 피비는 무슨 내용이었냐고 물었다. 실수로 덮는 바람에 제대로 보지 못했다고 말했다. 거짓말이었다. 단어 하나가 머릿속에서 사라지지 않았다. 나중에 전체 내용을 확인했다. 내가 펼친 쪽에는 다음과 같은 내용이 적혀 있었다.

지독한 삶의 피로가 몰려올 때가 있다. 피로를 치료하기 위한 방법 중 자살은 효과가 의심스럽고, 자연스러운 죽음은 충분하지 않다. 이런 피로가 찾아오면 삶의 중단보다 더 심오한 것을 원하게 된다. 처음부터 아예 존재하지 않았기를 원하게 되는데, 그건 신의 영역이다.

빗방울이 한 방울 똑 떨어졌다. 똑은 똑똑으로, 똑똑똑으로 변했다. 경찰들이 웃는 소리가 들렸다. 경찰들은 우리를 보며 소리내어 웃었다. 더러운 이를 환히 드러내고. 피비가 내 어깨를 두드리며 속삭였다.

“과학 기술은 눈부시게 발전했지. 하지만 경찰들과 우아하게 이별하는 방법은 아직 발견되지 않았어.”

추첨으로 히나가 될 희망은 태평양에서 조용히 소멸했다. 태풍이 사라진 니르바타 제2 기초학교 앞 풍경은 흥미로웠다. 교문 앞에는 배치 담당 선생이 뒷짐 지고 서 있었다. 임신한 브로글처럼 배가 불룩한 선생은 검지 하나를 들어 나를 불러 세웠다. 이름을 부르고 위아래로 훑어본 후 봉투를 건넸다. 니르바타 제2 기초학교에서 두 번째로 받은 공식 서류. 배치 안내문이었다. 내 공식 이름 밑에는 짧은 문장이 적혔다.

결정 예비 특별반으로 배치

교문 앞에서의 통보라니, 뭐가 그리 급한 건지. 내가 도주 가능성이 있는 현행범도 아니고. 웃음소리가 들렸다. 나에게 어설픈 폭력을 시도했던 루저 3인방이었다.

"꼴좋네, 너 혼자 특별반이란다."

자신들의 배치 안내문을 자랑스럽게 보여 주며 낄낄거렸다. B라는 문자가 보였다. 어리석고 불쌍해서 내 얼굴이 뜨거워질 지경이었다. 혹시라도 직업학교를 선택하게 되면 작은 일에 기뻐하는 저런 한심한 존재들과 1년의 세월을 함께 보내야 할 것이다. 직업학교는 도저히 안 되겠다. 나는 눈을 잠깐 감았다가 떴다.

서둘러 교실로 향하는 후배 미결정 존재들이 나를 흘끔거렸다. 나는 희귀 종자였다. 니르바타 제2 기초학교 8월 졸업 예정자 가운데 유일한 특별반 학생이었다. 소유와 지선이 이 소식을 들었으면 어떤 반응을 보였을까? 둘은 성 결정 교육소에 입소했다. 교육 과정은 이미 끝났고 호르몬 최종 교정 처방 중일 테니 늦어도 며칠 후에는 얼굴을 볼 수 있을 것이다. 어떻게들 변했을까? 여전할까? 이상할까? 어색하지는 않을까?

유명인이 된 나는 유유자적 느긋하고 즐겁게 걸으려 노력하며 특별반을 찾아갔다. 장소부터 특별했다. 2층 끝, 화장실 건너편 교실이었다. 정규 교실 절반 크기의 공간. 몇 줄의 책상이 흐트러져 놓인 그곳 전부가 내 공간이었다.

진로 상담 선생은 브로글이었는데 15분 늦게 들어왔다.

"가장 중요한 사항부터 말할게요. 브로글이 된다고 해서 인생

실패자인 건 아니에요. 사람은 누구나 존재 이유가 있어요. 브로글 또한 당연히 브로글 나름의 존재 가치가 있지요."

지선보다는 소유의 방식을 선택하기로 했다. 입이 찢어져라, 크게 하품하고 주절거렸다.

"늦게 나타났으면 사과부터 해야 하는 거 아닌가요? 요즘 세상에 15분이면 아팔라호를 타고 달나라도 갔다 올 수 있는데…… 그리고 말은 바로 하셔야지요. 솔직히 말해 아직 브로글로 확정된 것도 아니잖아요?"

기분이 상쾌했다. 결과는 시원치 않았다. 이십 대 후반인 젊은 브로글 선생의 태도에 그 어떤 변화도 주지 못했다. 금테 안경을 고쳐 썼을 뿐이다. 선생은 내 이름이 적힌 서류를 부드럽게 들이밀었다.

"그래요, 우선 늦은 건 내 잘못이에요. 이제 본론으로 넘어갑시다. 학생의 현재 상황부터 살펴볼까요? 가족 자산 점수는 지난달 조사 결과론 7억 8천만, 올해의 기준 점수인 20억 1천만에서 12억 3천만이 부족하네요. 성적 점수는 28.25순위, 합격선인 15순위에서 13.25순위가 부족하고. 마지막 추첨식이 끝난 건 말할 필요도 없겠고요."

"아직 7일이나 남았어요. 천지창조도 7일밖에 안 걸렸어요."

선생은 아무 말도 하지 않았다. 내가 다시 말했다.

"끝까지 최선을 다해야지요. 중도 포기라니, 맹숭맹숭하고 싱거워요. 그 뭐냐, 여기 기초학교의 교훈도 '어떻게든 최선의 길을 찾자'잖아요."

선생은 낮은 한숨과 함께 서류를 덮었다. 이마의 얇은 주름살이 살아서 꿈틀거렸다. 왼손으로 이마와 안경테를 동시에 만지작거렸다.

"교훈은 '사회에 기여하는 최선의 길을 찾자'입니다. 자, 우리 둘 사이의 첫 단추가 잘못 끼워졌군요. 미안합니다. 내가 다시 사과할게요. 마지막 추첨식이 어제였으니 아직 몸과 마음으로 받아들일 상태가 되지 않은 건 잘 알아요. 충격이 크겠지요. 기초학교에 다니는 미결정 존재라면, 더군다나 니르바타 소속 기초학교의 학생이라면 누구나 자신이 훌륭한 히나가 되리라는 꿈을 품고 살았을 테니까요. 하지만 모든 꿈이 그렇듯 꿈은 실제로는 잘 이루어지지 않아요. 꿈은 아름답지만, 현실은 냉정하고 숫자는 엄정하지요. 만 15세 미결정 존재 열 명 중 히나가 될 수 있는 건 이론적으로 최대 세 명이지만 현실적으로는 두 명이 조금 넘어요. 그럼, 시각을 바꿔봅시다. 열 명 중 두 명이 히나가 된다는 건 열 명 중 여덟 명은 브로글이 될 수밖에 없다는 뜻이에요. 상위 20퍼센트에 못 미친 셈이니 자신을 실패자로 느낄 수도 있겠지요. 하지만 인생은 길어요. 비록 성별은 바꿀 수 없어도 성공과 실패는 노력으로 바꿀 수 있어요……."

나도 모르게 꾸벅 졸았나 보다. 선생이 내 어깨를 툭 쳤다. 선생은 내 눈을 한 번 노려보고는 말을 이었다.

"브로글이 될 가능성이 큰 미결정 존재로서 제일 먼저 고려해야 하는 건 티오피입니다. 티오피가 뭔지는 알죠?"

나는 고개를 대충 끄덕였다.

"티는 티처의 T, 오는 오피서의 O, 피는 프로페셔널의 P입니다. 티처는 보육학교 혹은 기초학교의 티처로 보육학교의 경우 양육 전반, 기초학교의 경우 상담, 보건, 수업 보조, 도서관 관리 등 학교 운영에 있어 없어서는 안 될 중요한 일을 담당합니다. 오피서는 연합 정부 소속의 관청 근무자이고, 프로페셔널은 자치지구 소속의 관청 근무자입니다. 티오피야말로 일의 안정성과 보람 측면에서 브로글이 얻을 수 있는 최고의 직종들이라고 할 수 있지요. 여기까지 이해하겠지요?"

말이 티오피지 사실상 보텀, 즉 바닥이었다. 히나들이 차지하고 남은 일들, 정확히 말하면 하고 싶지 않아 팽개친 사소하고 반복적이고 짜증 나는, 찌꺼기 비슷한 일들을 처리하면서 티오피라니. 보수 연합 정부 특유의 허영 가득한 언어유희치고도 정도가 심했다. 인사 고과에서는 차별을 받고 월급도 비슷한 일을 하는 히나의 절반도 안 된다. 우스운 건 일부 지역에서는 경쟁률이 가끔은 두 자리 숫자에 이른다는 것이다. 심지어 유레카 기초학교에서는 결정을 1년 앞둔 만 14세부터 티오피에 대비하는 학습 모임이 시작되기도 했다.

"학생의 성적이면…… 올해 니르바타의 수급 상황이면 가능하겠어요. 특별반 소속이라는 것에 대한 선입견이 어느 정도 작용할 테니 약간의 주의는 필요할 거예요."

나는 아무 말도 하지 않았다. 눈치 빠른 선생이 한 걸음 빠르게 반응했다.

"티오피가 싫으면 팩토리에 들어가도 돼요. 보수만 비교한다면 팩토리도 처지지 않습니다. 최근에는 3교대가 대부분이라 자유 시간도 충분하고요. 직업학교는 1년 과정이니 남보다 사회에 빨리 진출할 수 있는 장점도 있고요. 티오피가 번거롭고 까다롭게 느껴지면 충분히 선택할 수 있는 대안이에요. 생각만큼 나쁘지는 않아요."

"생각만큼 좋지도 않잖아요?"

"어느 쪽을 보느냐에 달렸겠지요."

"그럼 예술가는 어때요? 최초의 팩토리를 운영한 안나 웜홀 같은."

선생이 신경질적으로 웃으며 나를 보았다.

"학생은 참 여러모로 흥미롭네요. 정 원하면 내 입으로 다시 말해 줄게요. 자, 예술가는 무엇보다도 제대로 된 직업이 아니에요. 올해 초에 개정된 표준 직업 목록에도 나오지 않는답니다. 왜? 티오피나 팩토리를 선택해 일하다가 정신적으로 여유가 생기면 그때 할 수도 있는 일이 바로 예술이니까요. 직업이 아니라 정신을 고양하는 훌륭한 수단이라고 보는 게 옳겠지요. 그리고 안나 웜홀이 아니라 워홀. 그 사람의 팩토리가 경계 J-21 문을 나가면 만날 수 있는 우리 니르바타의 블루 팩토리가 아닌 건 알고 있겠지요?"

14장

Red Stage

피비가 줄곧 입었던 유니폼 같은 옷이 있다. 검은 폴라 티셔츠, 청바지, 진녹색 점퍼 3종 세트는 보기보다 더 낡았고, 설명하기 어려운 냄새도 났다. 더 기분이 좋지 않았던 건 안성맞춤처럼 내 몸에 딱 맞았다는 사실이다. 도수 없는 안경까지 쓰니 나는 젊은 피비였다. 피비는 물론, 아빠마저 깜짝 놀랐다. 속으로 한숨을 쉬었다. 이대로 살아간다면 신체만 완벽하게 닮은 제2의 피비가 될 것이다. 피비의 장점은 머리뿐인데.

어두운 미래는 나중의 일, 지금의 내겐 중요한 목표가 있다. 우리가 세운 탈출 방법은 믿기 어려울 정도로 간단했다. 내가 피비로 변장하는 것. 경찰을 끌고 다니는 것. 그사이 피비는 아빠가 마련한 루트를 따라 탈출하는 것. 계획을 세우고 수정해서 제안한 건 아빠였다. 피크닉 덕분이었다. 아빠는 우리 둘의 달리는 모습이 거의 똑같았다고 말했다. 둘이 함께 걸어오는 모습도 판박이였다고 말했다. 내가 치를 떨었던 이유다. 다른 사람도 아닌 아빠의 눈에 내가 피비처럼 보였다니 기가 막혔다……. 피비가 물었다.

"단순하고 뻔뻔한 작전이네. 먹힐까?"

"먹혀. 클래식의 가치는 변하지 않아."

아빠는 경찰들의 느슨한 태도를 지적했다. 피비가 헨젤처럼 부스러기를 흘리고 다닌 덕분에 그들은 피비를 처음부터 시야에 두었다. 악한 도망자는 원래부터 위험한 부류는 아니다. 그런데 정보도 위치도 다 꿰고 있다. 그들은 여유롭게 감시했고, 자신들이 쫓는 피비가 악하기는커녕 얼마나 한심하고 무력한 인간인지 충분히 보았다. 더군다나 이곳은 그들의 홈코트. 홈에서의 승률이 원정을 압도한다는 건 누구나 아는 상식이다.

아빠는 예정 승자의 느슨한 태도와 예정 패자가 결사적으로 맞서는 클래식한 조합은 늘 우아한 반전을 가져오기 마련이라고 했다. 아빠는 전문가 같았다. 용어들도 고급스러웠다. 유럽 영화 같았다. 그래서 피비가 아빠를 찾아온 것이다. 피비는 손 뻗을 곳을 정확히 알았다. 나는 고개를 끄덕였다. 피비가 마지막으로 내 복장을 점검했다. 말이 점검이지 위에서 아래로 감탄하며 훑어봤다는 뜻이다. 피비가 물었다.

"뭐 남기고 싶은 말 없니?"

내가 떠나는 게 아니다. 나는 떠나는 흉내를 내는 사람이다. 실제로 떠나는 사람은 피비다. 내 침묵이 피비에게 힌트를 주었다. 피비는 그제야 깨달은 듯 웃음을 터뜨렸다. 아빠와 나는 웃지 않았다. 피비가 말했다.

"즐거웠다. 호머 네가 나로 위장한 걸 보니 나라는 인간도 괜찮아 보인다. 악한 도망자가 되기를 잘했다는 생각이 든다."

이별에 적절한 말은 아니었다. 피비다운 말이기는 했다. 어느덧 그 이상함에 익숙해졌다. 점잔을 떨었다면 오히려 이상했을 것이다. 피비는 고개를 숙이고 두 손을 벌렸다. 느닷없이 노래를 불렀다. 늘 흥얼거리던 노래였다. 피비는 당당한 음치였다. 음정과 박자는 피비의 고려 사항에 들어 있지 않았다. 노래가 끝났고 나는 손뼉을 탁탁 쳤다. 여전히 묻고 싶지 않았지만 강력하게 원하는 것 같아 어쩔 수 없이 제목을 물었다. 피비는 〈길 위에서〉라고 했다. 아빠가 말했다.

"시드니가 마지막으로 써 놓은 편지가 있어, 당신에게."

듣는 사람이 경악할 내용을 말하면서 아빠는 눈 하나 깜짝하지 않았다. 과연 적절한 때인가 하는 의문은 들었다. 지금껏 기회가 많고도 많았는데. 이상한 인간들. 피비는 노래를 부르고 아빠는 편지를 건넨다…….

아빠는 피비에게 흰 봉투를 전달했다. 봉투는 새것처럼 깨끗했다. 깔끔한 아빠는 먼지를 참지 못한다. 아빠는 해마다 낡은 봉투를 새 봉투로 교체했을 것이다. 내용을 확인했을까? 아빠를 보았다. 표정을 읽는 건 불가능했다. 피비는 봉투를 앞뒤로 살폈다. 봉투를 후후 불어 내용물이 제대로 들어 있는지 확인했다. 피비는 내용물을 꺼내지 않았다. 피비가 물었다.

"꼭 지금 읽어야 하나?"

"당신 마음이지. 난 전달자일 뿐."

피비는 흰 봉투를 륙색에 넣었다. 시드니의 이름이 새겨진 륙색. 원래는 나의 가출용이던 륙색. 피비는 자신의 커다란 륙색을 거추장스러워했다. 우리는 륙색을 교환했다. 피비의 륙색은 내 것이 되고 내 륙색은 피비 것이 되었다. 처음부터 자기 륙색을 가져올 것이지, 하고 생각했다. 말하지는 않았다.

드라마였다면 중요한 역할을 담당했을 흰 봉투는 말없이 륙색으로 들어갔다. 인정머리 없는 피비. 자기밖에 모르는 피비. 나는 시드니가 피비에게 남긴 마지막 말을 평생 모른 채 살아갈 것이다. 내게 남긴 말이 아니라는 사실을 떠올리며 스스로 위로했다. 시드니는 아빠에게도 흰 봉투 하나를 남겼을 것이다. 분명히. 아마도. 아빠에게 물었다.

"내 것도 있어?"

"있었으면 벌써 줬지."

냉정하고 확실한 대답이었다. 공정하다고 생각했다. 내겐 시드니에 대한 추억이 전혀 없다.

이제는 움직일 시간이었다. 아빠가 마지막으로 주의 사항을 알려 주었다.

“산 정상까지는 평소처럼 걸어. 너무 거리가 가까워지지 않도록 적정 거리 유지에 신경을 써. 일단 정상에 도착한 뒤에는 전속력으로 달리고. 알겠지?”

나는 마스크를 썼다. 나가기 전, 피비에게 고개를 살짝 숙여 인사를 했다. 피비가 내 손을 잡았다. 어깨에 팔을 두르며 말했다.

“사립 탐정 앨리스 말로가 선언했지. ‘이별을 말하는 것은 조금씩 죽는 것’이라고. 나를 조금 죽이더라도 이 말은 해야겠다. 안녕. 재미있었다.”

나는 내 임무를 성실히 수행했다. 산 정상까지는 거리 유지에 신경을 쓰며 피비처럼 힘없이 걸었고, 정상에 오른 뒤에는 발동을 걸고 전속력으로 내달렸다. 경찰들이 허둥지둥 쫓아오는 모습을 고개 돌려 힐끔힐끔 보는 건 즐거웠다. 지나치게 방심했던 그들은 갑자기 빨라진 내 속도에 놀랐다. 달빛이 가장 희미한 그믐이었다. 추적추적 내리는 비도 도움이 되었다.

비옷을 입은 그들은 느렸고 가끔 미끄러졌다. 나는 우리가 희망했던 40분(현실적으로는 20분을 예상했다.)을 몇 배나 넘긴 두 시간 반 동안 경찰들을 농락하다가 잡혔다. 자비 없는 경찰들은 나를 거칠게 다뤘다. 내 얼굴을 확인한 후에도 경찰봉으로 등을 때리고 엉덩이에 발길질했다. 나는 그들을 이해하기로 했다. 아마도 하루

이틀은 경찰서에서 시간을 보내야 할 것이다. 나는 말없이 버틸 것이다. 그 뒤의 일은 전문가인 아빠가 알아서 처리할 것이다.

호흡은 가빴고 등과 엉덩이도 아팠다. 마음만은 즐겁고 뿌듯했다. 아, 나는 유용한 인간이었다. 쓸모없는 내가 태어나서 처음으로 쓸모 있는 행동을 한 것이다. 공동 양육소 출신인 내가, 모두에게 미움받는 내가, 유령인 내가, 저명한 연결 전문 변호사의 늙은 자식을 도망치게 한 것이다. 죽음에서 구원한 것이다. 그들이 생각하지 못한 간단한, 클래식한 술책을 통해. 경찰들에게 끌려가는 내 뒤에서 올빼미가 울었다. 불길함의 상징인 올빼미의 울음조차 그 순간엔 너무도 사랑스러웠다.

그러나 기쁨은 오래가지 못했다. 무슨 이유에서인지 경찰들은 경찰서에 도착하자마자 나를 풀어 주었다. 아빠가 이미 경찰서에 와 있었다. 아빠는 내 어깨를 두드렸을 뿐 아무 말도 하지 않았다. 나는 앞서가는 아빠의 뒤를 따라가며 물었다.

"어떻게 된 거예요?"

아빠는 짧게 대답했다.

"피비가 죽었다."

Blue Stage

정각 5시가 되었다. 똑, 똑, 두 번 문 두드리는 소리가 났다. 노크에는 확실한 메시지가 있다. 벨이 있다는 사실을 모르는 게 아니라 사용하지 않겠다는, 벨의 존재를 알면서도 손을 이용해 두드리겠다는.

아빠는 30분 전부터 제정신이 아니었다. 낡은 청소기를 들었다가 놓거나, 넓지도 않은 거실을 빙빙 돌거나, 소파의 끝 선을 바닥 무늬목에 정확히 맞추려 애썼다. 아빠는 문 두드리는 소리에 즉각 반응했다. 눈 깜짝할 사이에 현관으로 달려가 문을 열었다. 나는 아빠 뒤에서 대기했다. 안으로 들어오는 손님에게 정중히 고개를 숙이고 인사했다. 나보다 키가 조금 작은 지선 엄마는 집 안쪽을 바라보며 고개만 살짝 끄덕였다. 나보다 먼저 거실로 들어오더니 곧장 소파 중앙에 앉았다. 주빈 자리를 차지한 지선 엄마는 주문도 스스로 했다.

"차는 필요 없습니다."

"차가운 녹차는 어떠세요? 집이 워낙 더워서. 이사 온 지 얼마 안 되어서 에어컨이 아직 없거든요."

차는 필요 없다는데 왜 저러나? 이사와 에어컨은 전혀 관계가 없었다. 전에 살던 집에도 에어컨은 없었다. 아빠는 자신이 저지른 논리의 허점을 전혀 모르는 사람처럼 멍하니 서 있었다. 지선 엄마가 손을 내저으며 결론을 내려 주었다.

"괜찮습니다. 더위에는 익숙합니다."

아빠는 얼음을 띄운 녹차를 가져왔다. 지켜보던 내가 오히려 당황스러웠다. 지선 엄마의 표정에는 변화가 없었다. "그럼 고맙게 마시겠습니다."라고 말하고는 옆으로 살짝 밀어 놓았다.

가까이에서 본 지선 엄마는 머릿속 상상과는 전혀 다른 모습이었다. 84세라는 나이를 미리 알지 않았더라면 60대 중반으로 여겼을 것이다. 머리는 지선보다 더 단정했고, 푸른색 반팔 폴로셔츠를 입은 상체는 다부져 보였다. 표정 또한 엄숙하면서 온화했다. '꼴통'으로는 전혀 보이지 않았다. 외관으로 사람을 평가하는 건 지극히 위험하다. 그러나 대략적인 인상은 나빠 보이지 않았다.

아빠는 긴장한 티가 역력했다. 평소의 느긋하면서도 단호한 모습은 우주 저편으로 떠났다. 촌스럽게 자꾸만 입술을 빨고 헛웃음을 연발했다. 정작 말은 한마디도 하지 않았다. 지선 엄마가 어쩔 수 없다는 듯 한숨을 쉬고 두 손을 마주 잡았다. 분명 계산된 동작이었을 것이다, 지선 엄마는 10초 후에 입을 열었다.

"집사람을 통해 들은 내용은 잘 검토해 보았습니다. 돌려 말하지 않겠습니다. 어렵겠습니다."

아빠가 지선 아빠를 통해 출판사 매각 의향을 전달하고 약속을 잡아 달라고 부탁한 것은 석 달 전, 지선 아빠를 10여 년 만에 만난 바로 그날이었다. 아빠는 정말 단 하루도 허비하지 않았다. 지선 엄마는 지선이 염려했듯 냉정한 사업가였다. 지선 아빠의 부탁, 협박, 강권 등에도 불구하고 약속 날짜조차 잡지 않았다. 자꾸만 약속을 미루는 행동의 의미가 곧 거절이라는 건 나조차도 쉽게 알아차릴 수 있었다.

하지만 아빠는 암묵적인 거절 따위는 공식 발언으로 인정하지 않았다. 끈질기게 손을 내밀었고, 자살 소동을 벌였고, 심지어는 지선 엄마 회사 앞에서 피켓까지 들었다. 그 결과 지선 엄마를 우리 집에 초대하는 결실을 이뤘다. 아빠가 할 수 있는 건 거기까지였다. 약속 장소를 자기 집이나 회사가 아닌 우리 집으로 정한 건 지선 엄마였다. 더 거절하기가 어려워 승낙한 의례적인 방문이라는 건, 약속 장소에서도 이미 드러났다. 자신의 사적, 혹은 공적 영역으로 아빠를 절대 들이지 않겠다는 명백한 의사 표시였다. 나는 속으로 짧은 한숨을 쉬었다. 알고는 있었다. 그래도 혹시,

하는 마음이 전혀 없었다면 거짓말이다.

아빠는 냉장고 문을 열고 맥주 두 캔을 꺼냈다. 한 캔은 아빠 앞에, 다른 한 캔은 지선 엄마 앞에 놓았다.

"기왕 오셨는데 목이나 축이세요. 녹차는 별로 안 좋아하시나 봐요."

새로운 행동 양식이었다. 말귀를 전혀 못 알아들은 사람처럼 행동하는 막무가내 패턴. 지선 엄마는 당황한 것 같았다. 사전에 작정했던 계산과 연출의 귀퉁이가 허물어졌다. 이마에서는 땀이 흘렀고 푸른 정맥이 도드라져 보였다. 나쁘지 않았다. 좋게 말하면 인간적이었고 나쁘게 말하면 이제야 비로소 80대 노인 같았다. 지선 엄마는 노련한 솜씨로 위기를 벗어났다.

"폐를 끼칠 마음은 없습니다."

"뭐가 폐라는 건지…… 전혀 폐가 되지 않으니 염려는 접어 두세요. 물 한잔 대접하지 않고 보냈다는 욕을 먹고 싶지는 않아요. 유진이가 그냥 넘어갈 리 없어요. 걔 성격 잘 아시잖아요?"

지선 엄마는 어쩔 수 없다는 듯 맥주를 한 모금 마셨다.

"쉽게 결정한 건 아닙니다. 출간 목록이 꽤 마음에 들었거든요. 저도 검사를 하던 시절에는 책을 꽤 좋아했습니다. 그건 제 개인적인 사연일 뿐이고, 차분하게 앉아서 정밀하게 검토한 결과 아무래도 수익을 내기는 어려워 보이더군요. 회사는 회사니까요. 제 회사이기는 해도 시스템이 있어요."

고상한 니르바타에서 이뤄지는 보통의 대화였다면 이야기는 이 정도에서 마무리되었을 것이다. 그러나 아빠는 최선을 다하기로 마음먹었다. 어차피 글렀다는 자괴감도 단단히 한몫했을 것이다. 아빠는 비웃듯 씩 웃었다. 지선 엄마에게 질문을 던졌다.

“어떤 책이 마음에 드셨는데요?”

“특정한 한 권의 책을 말하기는 좀…….”

“회사는 몇 개나 갖고 계세요?”

“대여섯 개 정도 운영하고 있습니다.”

“다섯 개예요, 여섯 개예요?”

“지분 정리 등의 문제가 있어서…….”

“그러니까 몇 개인데요?”

“여섯 개입니다.”

“처음부터 여섯 개라고 말씀하시지 그랬어요? 많다고 흉이라도 볼까 봐요?”

“아, 그게…….”

지선 엄마는 말을 하다 말고 갑자기 웃음을 터뜨렸다.

“이제 알겠습니다. 지금 저한테 화를 내시는 거로군요.”

“네, 보기보다 눈치가 빠른 편은 아니시네요.”

아빠는 맥주를 벌컥벌컥 마시고는 나를 보았다. 의미를 알 수 없는 시선이었다. 나는 고개를 돌렸다. 아빠가 말했다.

“형편없는 출판사를 여러 각도로 검토하고 평가해 주신 점에 대해서는 감사드려요."

"집사람 부탁이라 시간을 좀 들이고 신경을 썼습니다."

"집사람이라고 부르세요?"

"그…… 아무래도 그렇지요."

"공식 명칭은 아니잖아요? 포스라고 불러야 하는 거 아닌가요?"

"지금은…… 공적 자리는 아니니까요."

"늘 이런 식이세요?"

"네?"

"늘 가식을 떠시냐고요?"

"그게……."

"저도 제 출판사가 엉망진창이라는 건 잘 알아요. 그걸 몰라서 제가 인수 요청을 드렸을까요? 말 그대로 부탁을 드린 거예요. 애걸한 거라고요. 거절할 거면 도대체 왜 오신 거예요?"

아빠는 떼를 쓰는 중이었다. 안 그래도 우울하던 기분이 심하게 덜컹거리는 구식 엘리베이터를 타고 지하 5층까지 내려갔다. 진동하는 곰팡내. 벽을 타고 흐르는 눈물 같은 습기. 꼭 내 마음 같은.

지선 엄마는 맥주를 조금 더 마신 후 실내를 살폈다.

"저는 여기 니르바타 토박이입니다. 철저하게 주변인이었습니다. 아빠와 단둘이서 이런 집에 살았지요. 경계 J-21 문, 아 그때는 J-17이었는데, 아무튼 그때는…… 그나저나 이거 완전히 한 방 먹었습니다. 말씀을 듣고 보니 제 생각이 올바르지 않았습니다.

사업적 차원만이 아닌 여러 수준에서 고민을 했어야 옳았겠군요."

오가는 대화를 하나도 놓치지 않고 들으면서 지선 엄마에게 감탄했다. 아빠의 말은 억지에 가까웠다. 진정성은 차고 넘쳤다. 논리성은 제로였다. 지선 엄마가 아빠의 고민을 여러 각도나 수준에서 고민할 이유는 없어 보였다. 하지만 그러지 않았다. 정중함과 최선이 느껴졌다. 꼴통은커녕 마음이 선한 사람 같았다. 사업을 하기 이전 성 결정 비율에 저항하는 운동가들을 그야말로 완벽하게 몰살시켰던 보수 검사 출신이라고는 믿어지지 않았다.

지선 엄마에 대해 또 감탄한 건 내게는 단 한 번도 눈길을 주지 않았다는 점이다. 나는 배제되었다. 나는 지선 엄마에게도 유령이었다. 새삼스러운 일은 아니었지만.

"방법이 하나 있기는 합니다. 제 개인적인 명예를 위해 말씀드리는 건 아니라는 사실을 먼저 알아 주시기 바랍니다. 다시 말하면, 완전한 선의지요. 제 제안은 간단합니다. 저의 아내가 되시는 겁니다. 다섯 번째 집사람, 즉 연합 정부의 공식적인 용어로 말하면 피프스가 되시는 겁니다. 같이 살 마음은 없다는 점도 알려 드립니다. 선의, 완전한 선의입니다. 이상입니다. 생각할 시간은 충분히 드리겠습니다."

지선 엄마는 자리에서 일어났다. 내가 말했다.

"그걸 제안하시려던 거였나요?"

드디어 지선 엄마가 나를 보았다. 눈빛엔 표정이 없었다.

"소유 아빠에게도 피프스를 제안하시려던 거였지요?"

지선 엄마는 말없이 고개를 돌렸다. 아빠에게 정중히 인사를 하고는 우리 집에서 사라졌다. 절도 있는 걸음 소리가 사라지기까지는 약간의 시간이 더 걸렸다. 나도 모르게 빙긋 웃음이 나왔다. 지선 엄마의 실체가 똑바로 보였기 때문이다. 피프스라니, 선의는 무슨. 자수성가의 신화를 지탱해 온 건 결국 천박한 명예욕과 허영심이었다. 한심한 인간 같으니.

15장

Red Stage

피비는 내게 편지를 남겼다. 나는 피비가 죽은 다음 날 아빠가 알려 준 대로 쌤소나이트 륙색의 안쪽 지퍼를 열었다. 3종 세트가 나를 반겼다. 지퍼 안 공간에는 내 이름 호머가 새겨져 있었고 시계와 봉투가 들어 있었다. 색채의 조합은 훌륭했다. 황금색으로 빛나는 이름이었다. 빨간 줄이 돋보이는 시계였다. 깨끗한 흰 봉투였다. 내 이름, 그렇다면 처음부터…… 피비를 욕하는 것으로 서둘러 처리했다. 시계, 륙색 안에 던져 넣었다. 봉투에 집중할 차례. 아빠가 피비에게 주었던 편지, 시드니가 남긴 편지일까? 열어 보았다. 작성자는 피비였다. 시드니는 나에게 편지를 남기지 않았지만 피비는 남겼다. 피비는 이희의 글 두 편에 대한 인용으로 편지를 시작했다.

내가 좋아하는 문장들이다.

첫 번째, 이희가 말년에 즐겨 읊었던 문장이다.

견디기 어려운 통증이 가슴을 찌른다. 해는 지고 갈 길은 멀다.

두 번째, 이희가 죽기 전에 스스로 작성한 유언 같은 문장이다.

배우기를 구했으나 길은 늘 멀었다. 앞으로 나아갈 때마다 헤매고 헛디뎠다. 죽으면 왔던 곳으로 돌아가는 법, 무엇을 구하겠는가?

나는 나중에야 피비가 이희 전문가와는 거리가 멀다는 사실을 알게 되었다. 이희가 말년에 즐겨 읊었다며 쓴 첫 번째 인용문은 이희의 것이 아니었다. 어느 면에서 보나 피비는 완벽한 인간은 아니었다. 일부러 빈틈을 만들기도 했고, 실제로 빈구석도 많았다. 피비는 자신이 이희 글이라 믿었던 것들을 인용한 후 우리와는 근본부터 달랐던 자신의 계획의 전모를 밝혔다.

말년의 피비는 삶의 의욕을 완전히 상실했다. 피비에겐 일도 친구도 없었다. 단 하루를 더 살아야 할 이유조차 찾지 못했다. 당장 죽는 것이 피비의 유일한 소원이었다. 그래서 예약자가 되었다. 그런데 생일, 즉 죽어야 할 날이 다가오고 보니 다른 마음이 슬며시 침입했다. 시드니의 관련자들을 (피비가 쓴 표현 그대로다.) 마지막으로 한 번 더 보고 싶었다.

문제는 순서였다. 예약자가 되기 전에 생각했더라면 좋았을 것이다. 우리를 먼저 만나고 선한 포기자의 길을 걸었다면 아무런 문제도 없었을 것이다. 피비는 그러지 못했다. 말년의 피비는 많이 흐트러져 있었고, 논리정연하지 못했다. 피비는 후회했다. 그리고 생각했다. 무작정 우리를 보러 간다면 악한 도망자가 될 것이다. 망가진 상태로는 그 중압감을 견디지 못할 것이다. 설령 견디더라도 어떤 식으로든 우리에게 문제만 잔뜩 선물하게 될 것이다.

피비는 살면서 이미 많은 문제를 만들었고 겪었다. 새로운 문제의 생산은 원하지 않았다. 그렇다면 답은 하나밖에 없었다. 다시 선한 포기자로 전환하는 것.

말은 쉽다. 그러나 제도상 불가능했다. 예약자 관리는 보수 연합이 영구 지배하는 이 나라의 최우선 순위 사업 중 하나다. 예약자가 되겠다고 신청한 자, 이미 불가역 선한 포기자로 등록된 자를 이런 사정 저런 사정 다 고려해 보통의 선한 포기자로 바꾸어 주는 건 제도를 운용하지 않겠다는 뜻이나 마찬가지다.

피비는 어차피 마지막이라고 생각했다. 그렇다면 방법은 있었다. 연결 전문 변호사협회 회장까지 역임한, 늙었으나 아직 영향력이 있는 엄마의 힘을 빌리는 것. 부끄럽고 뻔뻔한 행동이었다. 피비는 법률학교를 졸업한 후 집을 나왔다. 모부 대신 시드니를 선택했다. 모부는 교양 있는 사람들이었다. 군소리 없이 깨끗하게 피비의 결정을 받아들였다. 그렇게 해서 피비는 피비의 길을, 모부는 모부의 길을 가게 되었다.

세상일이 계획대로 흘러가는 법은 좀처럼 없다. 세 사람이 수풀을 헤치고 나아가다가 건드리지 말아야 할 것을 건드렸고 벼랑 끝에 몰리게 되었음은 이미 말한 바 있다. 피비가 죄를 뒤집어씀으로써 나머지 두 사람이 풀려났다는 것도 이미 말한 바 있다. 돌이켜 보면 그 과정은 너무 매끄러웠다. 피비 혼자 한 일은 아니었다. 좋지 않은 일이 일어날 것을 직감한 피비는 정치 경찰들이 들이닥치기 전에 엄마를 찾아갔고, 엄마와 미리 약속했다. 혹시라도 일이 생기면 도와달라고. 둘의 죄를 묻지 않으면 시드니의 사무소에서 손을 떼겠다고.

피비의 속내는 말한 것과는 달랐지만, 엄마는 약속을 받아들였다. 결과적으로 피비 또한 약속을 지킨 셈이 되었다. 시드니가 피비를 추방했으므로. 약속을 지키면 변호사 자격증도 보장하기로 되어 있었다. 피비는 새로 자격증을 신청하지 않았다. 자존심이었다. 그 뒤로 피비는 모부를 만난 적이 없다. 예약자가 되고 죽을 날을 코앞에 둔 피비는 마지막으로 모부를 찾아갔다. 엄마는 피비의 이야기를 들었고 이번에도 원하는 것을 들어주었다. 그러면서 이렇게 말했다고 피비는 적었다.

“시드니를 받아들이지 않은 것을 여러 번 후회했다. 내 자식을 영원히 잃을 줄 알았다면 그렇게 하지는 않았을 것이다.”

진위는 확인할 수 없다. 피비의 엄마가 실제로 그렇게 말했을 수도 있고, 순전히 피비의 창작일 수 있다. 피비는 나쁜 사람은 아니다. 하지만 그런 유의 조작을 아무렇지 않게 할 수 있는 사람이다.

정리하자면 피비가 우리에게 왔을 때는 이 모든 것을 이미 약속받은 상태였다. 다만 불가역이었으므로 피비는 반드시 죽어야 했다. 그것이 합의된 조건이었다. 관계없었다. 피비는 죽음을 회피하고 싶은 마음은 없었다. 그저 약간의 시간이 더 필요했을 뿐이다. 그랬기에 피비는 여유로웠고, 우리를 따라다닌 이들도 정치 경찰이 아닌 일반 경찰이었다. 피비는 마지막까지 피비다운 행동을 하기는 했다. 일반 경찰에게는 자신의 상황을 알리지 말아 달라고 했다. 덕분에 나는 경찰과 영화의 한 장면 같은 실감 나는 추격전을 벌였다. 잘못된 대상을 쫓았다는 사실을 알고 분노한 그들은 내 등짝을 때렸고 엉덩이를 걷어찼다.

그 시간 피비는 제 발로 경찰서로 걸어 들어갔다. 서장을 찾았고, 서장과 함께 접견실로 갔다. 접견실에는 피비의 모부, 그리고 정치 경찰 두 명이 이미 와 있었다. 피비는 마지막으로 모부와 짧은 이야기를 나눴다. 내용은 알 수 없다. 이야기는 피비의 정중한 인사로 마무리되었다. 피비의 엄마는 피비에게 약을 건넸다. 피비는 약을 마셨다. 잠시 후 피비는 죽었다.

피비는 두 가지 부탁을 남겼다. 첫 번째는 위로금의 사용에 대한 것이었다. 피비는 10억 프루트의 위로금을 내가 사용하길 바랐다. 아빠와 상의해서 적절하게, 훌륭하고 보람 있게 사용하길 바란다고 적었다. (아이스크림에 올인하지 말아 달라는 장난도 잊지 않았다.) 두 번째는 아빠에 대한 것이었다. 피비는 여전히 현장에서 뛰고 있는 아빠를 진심으로 존경한다고 적었다. 그러니 나 또한 아빠를 앞으로도 사랑하고 존경하기를 바란다고 적었다. 첫 번째 부탁은 이해하기 쉬웠으나 두 번째 부탁은 모호했다. 여전히 현장에서 뛰다니 무슨 소리일까?

나는 나중에야 알았다. 아빠가 팩토리에서 일한다는 것을. 그 옛날 피비와 시드니를 만나기 전에 했던 일을 그대로 하고 있다는 것을. 다시 말하면 팩토리에서 일어나는 온갖 문제들을 뒤에서 처리해 주는, 변호사 사무소와 흥신소를 겸하는 비밀 첩보원 같은 그 일 말이다. 피비만 나를 속인 게 아니었다. 아빠 또한 나를 감쪽같이 속였던 것이다. 천하의 나쁜 인간들 같으니. 늙은 악의 2인방 같으니.

부탁을 적은 피비는 젤다 피츠제럴드[+]의 유명한 소설 속 문장으로 마무리를 했다.

우리는 물결을 거스르는 배, 쉴 틈 없이 과거 속으로 밀려나지만 결국 앞으로 나아간다.

+ 우리 세계에서는 스콧 피츠제럴드라 부른다. 작가. 『위대한 개츠비』가 가장 유명하다.

우리는 212 공원에서 재회했다. 소유는 전혀 변하지 않았다. 지독한 호르몬 처치에도 체형조차 달라지지 않았다. 트레이드마크인 박박 민 머리와 알 없는 커다란 안경 또한 그대로였다. 반항의 기운이 가득하면서도 묘하게 능글거리는 느낌을 주는 얼굴도 똑같았다. 모르는 사람이 본다면 아직 미결정 존재가 분명하다고 확신했을 것이다.

지선은 확연히 달라졌다. 키가 조금 더 자랐고, 어깨가 넓어졌다. 가장 큰 변화는 표정이었다. 강인하면서도 살짝 그늘져 보였다. 거리에서 가끔 마주치는 엘리트 성인 히나처럼. 소유는 익숙했고, 지선은 낯설었다. 소유가 입을 열기 전까지만이었다. 여전히 활기찬 소유가 격려하듯 내 어깨를 두드리며 말했다.

"달따랑은 우리 없이도 잘 살았나 보군. 뜻밖에도 얼굴이 아주 밝아. 외로움에 사무친 꼬마 코알라 표정일 거로 생각했는데."

소유의 목소리에 가득했던 무게감이 어디론가 증발해 버렸다. 배추흰나비처럼 가벼웠고, 옐로 핑크 젤리처럼 포근했다. 나도 모르게 웃음을 푹 터뜨렸다.

"아, 이놈의 호르몬. 달따랑, 다른 사람은 몰라도 네가 웃으면 안 되지. 내 길을 그대로 따라 밟고 지르밟으실 미결정 존재께서 말이야."

"너 때문에 웃은 건 아냐. 호숫가에 떠 있던 청둥오리가 공중제비를 돌다가 발을 헛디뎌서 물에 빠질 뻔했거든."

"재미없는 농담을 즐기는 버릇은 여전하구나. 지치지도 않니?"

"그래서 늘 피곤한가? 그런데…… 참 낯설다. 미안하다. 웃으면 안 되는데…… 우습다."

"우리 삶의 진짜 모습이지. 멀리서 보면 희극, 가까이서 보면 비극."

"가까이에서 봐도 웃긴 건 또 뭐냐?"

"그러니까 진짜 비극."

소유와 나의 만담 사이로 지선이 머리를 부드럽게 내밀었다.

"처음엔 그런데 몇 번 들으면 금방 괜찮아져."

지선의 목소리는 별로 변하지 않았다. 배려와 예의로 충만한 성품 또한 그대로였다. 초강력 호르몬으로도 절대 바뀌지 않는 것. 스위스 시계처럼 정확하고 샤넬 향수처럼 훌륭한 견해들이 대개 그렇듯 뭐라 농담하기도, 덧붙일 말을 찾기도 어려웠다. 나는 그냥 고개만 끄덕였다. 그리고 갑자기 찾아온 침묵.

우리는 할 말을 잊은 사람들처럼 서로의 얼굴만 멀뚱멀뚱 바라보았다. 아직 미결정 존재의 지위를 유지하고 있는 내가 나섰다.

"역시 좀 이상하긴 하네."

"그렇지?"

"아무래도 그럴 수밖에. 성별이 결정된다는 게, 성인이 된다는 게 그리 간단한 일은 아니니까."

간접 상상과 직접 경험은 전혀 다른 장르였다. 멜로와 공포물의 간격보다 심했다. 우리 셋은 처음 만났을 때부터 잘 알고 있었다. 삼총사 모두 하나가 되는 길은 없으며, 어느 순간엔 성별이 갈릴 수밖에 없다는 사실을 충분히 인지했다. 미리부터 대비했으니 의연하게 대처할 수 있다고 여겼다. 하지만 그렇지 않았다. 소유의 가는 목소리도, 지선의 넓은 어깨도 모두 충격이었다. 성별이 다른 우리 셋의 우정이 계속 이어지리라고 믿고 있다는 사실이 가장 이상했다. 정말 가능한 일일까? 보수 연합 정부가 다스리는 냉정한 이 나라에서 성별이 다른 우린 과연 평생을 친구로 지낼 수 있을까? 삼총사는 영원할까?

지선과 소유를 번갈아 보며 생각했다.

'지선 엄마가 우리 아빠에게 피프스를 제안했어.'

말하지 않기로 했다. 무엇보다도 오늘의 주인공은 지선과 소유였으므로. 그리워던 친구들의 말부터 더 들어 보고 싶었다. 내 미래가 어찌 되건 간에.

앞으로 뭘 할 생각이냐고, 진로 담당 선생처럼 물었다. 요란만 잔뜩 떨어 놓고 티오피 전문학교에 진학하는 건 아니냐고 일부러 고약하게 물었다. 소유는 자신감 넘치는 얼굴로 대답했다.

"당연히 전위 예술가지."

"안나 웜홀?"

"아니. 마이클 솔라나스[+]."

"누구?"

"스컴 선언문 몰라?"

"스컴?"

"그래, 스컴. 스컴 선언문을 발표했고, 안나 워홀에게 총을 쏘았던 위대한 브로글 전위 예술가 솔라나스가 되고 싶어."

소유가 말한 솔라나스가 누구인지 진심으로 몰랐기에 다시 물었다.

"미안한데 그게 도대체 누구? 어느 별 소속이니?"

소유는 솔라나스를 몇 문장으로 요약해 소개했다.

"스컴은 히나 거세 테러단을 말해. (굉장하지?) 단어적인 의미로

[+] 우리 세계에서는 밸러리 솔라나스라 부른다. 앤디 워홀을 죽이려 했으나 실패했다.

는 쓰레기이고. (정확하지?) 목적은 단 하나, 히나적인 것을 완전히 파괴하는 것."

"성평등주의자 정도가 아니네."

"당대의 가장 급진적인 자리에 선 솔라나스는 자신이 세운 원칙에 지독하게 충실했지. 상식을 깔아뭉개며 살았던 안나 워홀마저 두려워할 정도로. 솔라나스가 안나 워홀을 쏜 이유는 정확하게 알려지지 않았어. 하지만 난 이렇게 생각해. 안나 워홀이 입으로만 꿈꾸던 성평등을 선물하기 위해. 같은 예술가로서 은혜를 베풀었다고나 할까?"

소유는 내 생각보다 훨씬 앞서 달렸다. 솔라나스라는 새로운 우상의 등에 올라타고서. 히나 거세라니, 나로서는 생각도 못 해본 무시무시한 일이었다. 어렵사리 농담을 하나 찾아내서 물었다.

"그럼 코크는 이제 안 마실 건가?"

"무슨 소리, 안나 워홀이 코크를 발명한 건 아니잖아. 코크는 완벽한 브로글을 위한 최상의 음료야."

"억지만 늘었네."

지선의 말이었다. 어딘지 모르게 살기가 느껴지는 문장. 넓어진 어깨 때문일까?

소유는 곧장 반박하지 않았다. 나는 대선 후보 토론회의 사회자처럼 지선에게로 마이크를 돌렸다.

"별따랑 꿈은 여전히 검사?"

"법률학교에 진학하려는 건 맞아."

"그런데?"

"변호사가 되려고."

"검사가 아니고?"

"그래, 변호사."

"왜?"

"히나다운 일이니까."

제대로 들은 건 분명했다. 이해가 쉽지는 않았다. 손목을 그은 딸에게도 눈 하나 깜짝하지 않았던 지선 엄마. 취조하고 훈계를 퍼부었던 냉정한 지선 엄마를 능가하는 검사가 되고 싶었던 것이 아니었나? 이 나라에서는 검사가 가장 히나적인 직업이라고 평가를 받는다. 변호사가 히나다운 일이라는 발언은 또 무슨 의미인가? 내가 잃어버린 의미를 찾아 헤매는 사이 지선이 입을 열었다.

"성 결정 교육소에 입소한 후 첫 열흘 동안 뭘 했는지 알아? 밤마다 싸웠어. 그게 관행이래. 그렇다면 제대로 붙어 보자 마음먹었지. 그래서, 싸웠어. 일대일 토너먼트로, 밤마다, 하루도 빠짐없이. 여기 눈썹에 난 상처 보이지?"

지선의 손이 가리키는 곳에는 손톱 끝만 한 작은 상처 자국이 있었다. 이야기에서 풍기는 살벌함에 비하면 상처는 티끌보다 작았다.

"8강까지 진출했어. 나쁘지 않은 성적이었지. 프로 리그도 없는 나라가 월드컵 본선에 진출한 격이라고나 할까? 그 뒤로 날

보는 눈이 달라지더라고. 물론 내 눈도, 마음도 달라졌지. 폭력을 히나적인 것과 동일하게 생각하는 저열한 무리에게 진짜 히나가 뭔지 보여 주기로. 그렇다면 그런 인간들의 상식에 반하는 변호사가 더 낫겠다 싶어서. 사람을 평가하는 것보다 도움을 베푸는 일이 더 히나다운, 인간다운 직업이라는 걸 보여 주고 싶어서."

"그놈의 진지병은 호르몬으로도 치료가 안 되었구나."

소유가 잊지 않고 깐죽거렸다. 지선도 가만히 있지 않았다.

"예술가 병도 난치병이긴 마찬가지. 예술사구는 장기 예약했네."

"그러는 넌 생각하는 게 꼭 프로이트 수준이네. 속이 훤히 보여. 변호사가 된다고 엄마를 이길 것 같냐?"

"본인의 예술 활동이나 걱정하시지. 굶어 죽지 않도록 피자는 후원해 주마."

티격태격하는 둘. 원래의 삼총사로 돌아간 기분이 들었다. 마음이 따뜻해졌다.

"받아라."

소유가 반짝이는 무언가를 나와 지선에게 건넸다. 팔찌였다. 가운데 위치한 금속 조각에는 달따랑이라는 이름까지 새겨졌다.

"해따랑, 이 정체불명의 우주 괴생명체는 도대체 뭐냐?"

"보면 몰라? 팔찌다."

"듣고 보니 팔찌처럼 보이기는 하네. 이름의 힘인가?"

"늦었지만 삼총사 결성 기념 선물이다. 내가 만들었다."

지선은 빙긋 웃었다. 나는 입을 벌려 길고 긴 어이없음을 선물했다.

"해따랑, 정말 네가 만들었냐? 살아 있는 벼룩이 들끓는 벼룩시장에서 훔쳤거나 누가 쓰레기통에 던져 버린 걸 집어 온 건 아니고?"

소유가 갑자기 내 손을 꼭 잡았다.

"달따랑."

나는 소유의 손을 뿌리치려 했다. 불가능했다. 소유의 완력은 여전했다. 소유는 내 손을 쓰다듬으며 말했다.

"우리 별따랑만 밤마다 적들과 싸운 건 아니란다. 아름답고 실용적인 장신구 만들기 과정을 이수하느라 나 또한 잠도 제대로 못 자면서 피땀을 흘렸거든. 다들 어찌나 잘하던지, 보고 있으면 한숨만 팍팍 나오더라. 아, 우아한 브로글로 살기도 정말 쉽지 않다니까."

16장

Red Stage

가인은 알아도 라멕은 모를 것이다. 라멕은 가인의 5대손이다. 기원기[+]를 참조하면 라멕은 조상인 가인처럼 사람을 죽였다. 인류 최초의 살인범 가인은 동생 아벨 한 명을 죽였다. 라멕은 최소 두 명을 죽였다. 어떤 이들은 인류 최초의 연쇄 살인범으로 라멕을 꼽는다. 무자비한 가문, 유전의 영향이 환경보다 월등함을 보여 주는 확실한 사례라고 여길지 모르겠다. 연쇄 살인범 라멕에게도 할 말은 있다. 라멕은 자신을 비난하는 이들 앞에서 살인의 정황을 당당하게 밝혔다.

+ 우리 세계에서는 창세기라 부른다.

> 내가 내게 상처를 입힌 히나와 그의 아이를 죽였느니라.
>
> \- 기원기 4장 23절

히나와 그의 아이가 먼저 라멕에게 상처를 입혔다는 것이다. 라멕은 방어했고. 그 과정에서 살인이 일어났다는 것이다. 다시 말하면 피로 이어진 범죄 성향 때문이 아니라 그날의 일진이, 환경이 일을 그렇게 만들었다는 뜻이다.

나는 경찰도 아니고 범죄 전문가도 아니다. 잔인한 성품을 이어받은 라멕이 고의로 살인한 것인지, 라멕의 말대로 정당방위 과정에서 우연히 살인이 일어난 것인지 나는 모른다. 흥미를 끄는 건 범죄를 고백한 후 이어진 라멕의 선언이다.

> 가인을 해치는 자가 7배로 보복을 받을진대 참으로 라멕을 해치는 자는 77배로 받으리라.
>
> \- 기원기 4장 24절

한마디로 말해 자신을 건드리면 그냥 두지 않겠다는 것이다. 악랄하게, 잔인하게, 메소포타미아 땅을 다 뒤져서라도 보복하겠다는 것이다. 종교인들은 죄를 짓고도 오히려 뻔뻔한, 신 앞에 교만한 인간의 대표 사례로 라멕을 꼽는다. 내겐 종교가 없다. 굳이 종교인들과 뜻을 같이할 이유는 없다. 내 생각은 이렇다.

라멕이 범한 오류를 먼저 짚어 보고 싶다. 가인을 해치는 자가 7배로 보복을 받을 것이라는 내용은 기원기에 나온다. 그 말을 한 주체는 가인이 아니라 신이다. 신이 보복하겠다는 뜻이다. 라멕은 주체를 교묘히 바꿨다. 신이 아닌 라멕 자신이 77배로 보복하겠다고 선언했다. 77배라는 표현에 눈길이 간다. 범죄자들도 행운의 숫자 7을 선호한다는 가장 앞선 사례일 수도 있겠다. 그보다는 라멕의 심정을 대변하는 표현이라고 보는 게 자연스럽겠다. 즉, 자신을 건드리면 신이 하려고 마음먹었던 보복보다 더 엄청난 보복을 하겠다는 의미일 것이다.

나는 77배라는 과장된 표현에서 라멕의 불안을 읽는다. 육체는 도시에 정주했으나 영혼은 여전히 도망하고 방랑하는 자의 불안을 읽는다. 아마도 신은 가인에게 한 약속을 제대로 지키지 않았을 것이다. 지켰더라도 형식적으로, 절반만 지켰을 것이다. 바꿔 말하면 사람들은 가인의 육체에 보복하지는 않았다. 사람들은 가인의 존재를 무시하고 고의로 잊었다. 그러다가 갑자기 생각난 것처럼 비웃고 놀림으로써 영혼에 보복을 가했다.

스스로 죄인이라고 생각했던 가인의 후손들은 온갖 모욕을 묵묵히 견뎠다. 라멕은 달랐다. 라멕은 견디지 않고 보복을 선언했다. 표면적으로는 자신에게 상처 주고 다치게 한 사람들에게 한 선언이었다. 깊이 살펴보면 다른 의견도 가능하다. 라멕은 신에게 그만 손을 떼라고 말한 것이다. 내 일은 내가 알아서 할 테니 당신은 내게 관심을 갖지 마시오, 하고 말한 것이다.

참견쟁이 신이 라멕의 소원대로 그 뒤에 과연 관심을 껐는지는 모르겠다. 라멕의 영혼이 도망과 방랑의 세월을 마감하고 정주했는지도 잘 모르겠다. 내가 확실히 아는 것은 하나뿐이다. 피비는 끝까지 정주하지 못했다. 생의 마지막 날까지 도망하고 방랑하는 삶을 살았다. 피비의 삶에 예정되었던 내용은 아니었다. 시드니와 만난 후 모든 것이 바뀌었다. 물론 그건 피비가 택한 삶이었다.

나는 다시 가방을 쌌다. 집을 나가기 위해. 벌써 두 번째였다. 첫 번째보다는 가방 싸는 실력도 크게 늘었다. 노트북을 넣었고, 책 세 권을 넣었다. 무인도에 두 권의 책만 가져갈 수 있다는 건 나도 안다. 나는 무인도에 가는 것이 아니다. 내가 가려는 곳엔 사람들이 있고, 편의점도 있고, 공원도 있다. 목적지가 다르면 책의 권수도 바뀌기 마련이다. 첫 번째 책은 『하늘을 나는 교실』이다. 이미 밝혔으므로 더 설명할 내용이 없다. 두 번째 책은 『불안의 책』이다. 역시 이유를 설명할 필요는 없어 보인다. 세 번째 책은 『파르파네 행성으로 가는 길』이다.

피비의 책은 아빠가 주었다. 피비가 쓴 책만 아니었다면 일찌감치 팔아 버렸을 것이라고 말하면서. 진심인지 아닌지는 모르겠다. 아빠는 똑똑하고 강인하고 거짓말도 잘하는 사람이다. 두께를 가진 책은 세 권이지만 실은 한 권이 더 있다. 노트북 안에. 책의 이름은 여러분도 알 것이다. 이희의 『성학십도』, 취침용으로도 쓰인다는 건 비밀이다.

무거운 원고 뭉치도 어쩔 수 없이 가방에 넣었다. 아, 피비, 우리의 고약한 피비는 끝까지 나를 가지고 놀았다. 피비가 세상에서 사라진 후 한 달쯤 지났을 때 우편물이 왔다. 피비가 보낸 우편물이었다. 우리를 만나기 전에 예약해 놓았던 우편물이었다. 우편물의 정체는 원고 뭉치였다. 15세 생일을 앞둔 세 명의 미결정 존재들이 등장하는 소설. 피비의 유작. 첫 문장은 이렇게 시작된다. '아빠는 9701호 앞에서 걸음을 멈추었다.'

한 줄도 더 쓰지 못했다는 말 또한 거짓이었던 것. 심지어 내 이름 호머도 등장한다…… 나는 아직 이 원고 뭉치를 제대로 읽지 않았고 그래서 가방에 넣었다. 원해서가 아니라 어쩔 수 없이.

위로금의 사용처에 대해서 말하고 넘어가는 게 좋겠다. 우리는 장학금을 주기로 했다. 공동 보육소에 있다가 직업학교로 가는 열다섯 살의 어린 성인 브로글들에게 주는 장학금이다. 보통은 우수한 이들을 골라 주지만 우리는 가장 앞길이 막막한 사람들에게 준다. 피비의 이름은 장학금을 넣은 흰 봉투에 새겨져 있다. 황금색은 아니다. 평범한 검은색이다.

피비의 또 다른 부탁도 지켰다. 나는 아빠를 영원히 사랑하고 존경하기로 했다. 나는 사랑하고 존경하는 아빠와 함께 미술관에도 갔다. 함께 〈추성부도〉를 보았고, 「추성부」를 읽었고, 대화 부분을 머릿속으로 곱씹었다. 감상을 묻는다면 내 마음을 흔드는 그림이었다고 말하고 싶다. 쓸쓸한 이야기였고, 쓸쓸한 대화였고, 쓸쓸한 그림이었다. 한 걸음 다가서자 붓으로 그은 선이 희미하게 흔들렸다. 김홍지[+]의 유작이라는 사실이 몸과 마음으로 이해되었다…… 자세한 내용은 적지 않으려고 한다. 단 한 명이라도 직접 가서 보기를 원하기 때문이다. 그 쓸쓸한 흔들림을 온몸으로 느끼기를 원하기 때문이다.

오해할까 봐 덧붙인다. 가방을 쌌다고 가출하는 것으로 생각해선 안 된다. 떠난다는 사실을 아빠에게 알렸다. 나는 유레카로 간다. 유레카로 가서 멜버른을 만날 것이다. 멜버른을 만날 수 있다는 보장은 없다. 내가 아는 건 멜버른의 예전 주소뿐이다.

나는 유레카로 간다. 가출은 아니다. 계획서는 냈다. 아빠는 고개를 끄덕였다. 좋은 계획이라고 말했다. 혹시라도 멜버른을 다시 본다면 사과할 것이다. 용서를 구할 것이다. 멜버른이 날 동정하지 않았다는 사실을 지금은 안다. 전에는 몰랐다. 바보였으니까. 멜버른이 내 사과를 받아 주고 용서해 준다면 둘이 함께 『하늘을 나는 교실』을 읽을 것이다. 페소아의 책도 읽을 것이다. 페소아의 책을 읽는 방식 그대로. 아마도 페소아는 우리를 웃게 하고 울게 할 것이다. 결과가 좋다면 피비의 원고 뭉치를 함께 읽을지도 모르겠다. 나머지 두 권은 나를 위한 책이다.

+ 우리 세계에서는 김홍도라 부른다.

아, 피비! 나는 피비를 조금이라도 더 이해하려 애쓸 것이고, 완전한 인간이 되기 위해 노력할 것이다.

이제 길을 떠난다. 야구 방망이 대신 시계와 노래를 선택했다. 피비가 준 시계를 찼고, 피비의 애창곡 〈길 위에서〉를 호위병으로 삼았다. 내 앞에 펼쳐진 풍경은 우연인지 필연인지 노래와 똑같았다. 겨울바람은 차가웠고, 나는 거리에 혼자 서 있었다. 우연인지 필연인지 〈추성부도〉와 똑같았다. 멋진 표현이 떠올랐다. 나는 노래이자 그림이었다.

고개를 숙이고 심호흡을 크게 했다. 피비가 선물한 워킹화가 보였다. 웃었다. 나는 힘차게 걷기 시작했다. 힘차게 걸으면서 머릿속으로 질문을 만들었다. 왜 어떤 이는 아벨로 태어나고 또 어떤 이는…… 나는 지우개로 질문을 지웠다. 그러고는 멜버른을 만나면 들려줄 피비의 이야기를 적기 시작했다.

우리는 어느 소설의 문장처럼 그늘진 비탈길에서 만났다.

Blue Stage

성냥팔이 소년 같은, 따뜻하면서도 차가운 동화 느낌으로 이야기를 끝내고 싶다. 별들도 잠이 들었을 늦은 밤, 세 명의 손님이 동방 박사처럼 차례로 우리 집 문을 두드렸다. 난 어린 구세주는 아니었지만, 동방 박사들이 시간 차이를 두고 따로 온 건 아니라지만, 뭐 말하자면 그렇다는 이야기.

히나가 되었어도 여전히 예절 숭배자인 지선이 첫 방문자였다. 지선은 자신의 엄마가 피프스를 제안했다는 사실을 들었다고 담담하게 말했다. 지선은 아빠에게 결정을 내렸느냐고 물었다. 아빠는 나를 보았다. 나는 역습을 시도했다.

"히나가 되면 좋은 점 한 가지만 말해 봐."

지선은 내 어리석은 수작에 말려들 정도로 만만하지 않았다.

지선은 내 손을 꼭 잡았다.

“네 미래가 달린 일이야. 신중하게 생각해서 결정하기를 바랄 뿐이야. 어떤 결정을 내리든 우린 친구라는 사실을 잊지 말고.”

지선이 떠나고 30분 후에 소유가 찾아왔다. 소유는 여섯 캔짜리 오리지널 코크 선물 세트를 들고 왔다. 코크를 따서 마시며 솔라나스 이야기를 다시 꺼냈다. 아빠는 솔라나스를 알고 있었다. 신이 난 소유는 손가락으로 총을 만들어서 내 머리를 쏘았다. 나는 숨을 컥컥거리며 쓰러지는 명연기를 펼쳤다. 소유는 크게 웃었다. 소유에게도 잊지 않고 질문을 했다.

“브로글이 되면 좋은 점 한 가지만 말해 봐.”

소유 또한 내 어리석은 수작에 말려들 정도로 만만하지 않았다. 소유는 손가락으로 창밖을 가리켰다.

“우리 달따랑은 저 달이 보이는가? 어허, 어여쁜 내 손가락은 보지 말고.”

달은 무슨. 보이는 것이라곤 밤의 암벽, 깊은 어둠뿐이었다. 안드로메다에 뜬 푸른 쌍둥이 달이 보인다고 대답했다. 소유는 내 머리를 쓰다듬었다. 소유는 올 때보다 더 활기찬 발걸음으로 돌아갔다.

세 번째 방문자는 팩토리 안내원이었다. 안내원은 아빠와 마주치고 싶지는 않다고 말했다. 우리는 집 밖에서 이야기를 나누었다. 안내원에게 물었다.

“혹시 내 소식, 들었어요?”

안내원은 무슨 말인지 전혀 모르겠다는 표정을 지었다. 안내원이 온 것은 선물을 주기 위함이었다. 손바닥만 한 크기로 접을 수 있는 유레카 지도. 열대어를 버렸다는 이야기가 갑작스러웠듯 유레카 지도의 의미도 모호했다. 선물은 선물이었다. 나는 예의를 다해, 혹시라도 비아냥거리는 것으로 들리지 않게 진심에 진심을 더해 말했다.

"고마워요. 과거 시험 보러 가는 시골 선비들이 지참했다는 휴대용 지도 같네요."

안내원은 고개를 짧게 끄덕거린 후 말했다.

"비슷할지도. 네가 온 곳이 어딘지만 알면 길을 잃는 일은 없을 거야."

"미래는요?"

"손바닥에 침을 뱉고 손가락으로 두드리는 거야. 침이 튄 방향이 너의 미래가 있는 곳이고."

"그렇군요. 어렵지 않네요."

"난…… 유레카 출신이야."

"글쎄요, 믿을 수 없는데요. 정말인가요?"

안내원은 처음으로 환하게 웃으며 대답했다.

"당연히 거짓말이지."

"저도 사실은 유레카에서 오지 않았어요."

"그렇구나, 어쩐지."

"정말이에요."

"정말이겠지."

"저는 베타에서 왔는데 참고로 베타는 유레카의 두 배랍니다."

"하하하."

세컨드로서의 삶은 어떤지 묻고 싶었다. 그래서 물었다.

"어쩌면 히나가 될지도 모르겠어요. 또 어쩌면 브로글이 될지도 모르겠고요."

안내원은 내 말을 못 들은 것처럼 아무 말도 하지 않았다. 침묵은 싫었다. 다시 입을 열었다.

"또 만날 수 있겠지요?"

"의미가 있을까?"

내가 의미를 생각하는 사이 안내원은 손을 흔들고 발걸음을 돌렸다. 안내원은 잠시 후 다시 돌아왔다. 안내원은 내게 고개를 숙이고 정중하게 인사를 했다.

"건강하고 즐거운 니르바타에 오신 것을 환영합니다."

나도 똑같이 인사를 했다.

"건강하고 즐거운 니르바타에 오신 것을 환영합니다."

그러니까 팩토리식으로. 건강하고, 즐겁게.

준비랄 것도 없었다. 아빠 앞에는 맥주가, 내 앞에는 코크가 놓였다. 우리는 시계를 흘낏흘낏 보면서 각자의 음료를 마셨다. 마지막 코크를 방울까지 다 마신 후 아빠에게 물었다.

"엄마는 어떤 사람이었어?"

아빠는 못 들은 척했다. 답을 얻기는 불가능할 것이다. 오늘 밤 아무도 내게 답을 주지는 않는다. 나는 고개를 끄덕거렸고, 질문의 방향을 바꾸었다.

"아빠가 나라면?"

"내가 너일 수 있나?"

"그래도."

"한 가지만 묻자. 히나를 선택한다면 뭘 하고 싶니?"

역시 아빠였다. 나는 아빠의 질문을 나 자신에게 해 보았다. 달따랑, 히나가 되면 어떤 일을 하고 싶습니까?

하고 싶은 일이라…… 나는 그제야 놀라운 사실을 깨달았다. 열 살이 넘은 후로는 히나로 사는 것에 대해 단 한 번도 생각한 적이 없었다. 그랬기에 되고 싶은 것도 전혀 없었다.

질문을 바꿔 보았다. 만약 브로글이 된다면?

역시 되고 싶은 건 전혀 없었다. 깨달음이 왔다. 히나건, 브로글이건 간에 되고 싶은 건 전혀 없었던 것.

바꿔 말하면 그동안은 쭉 죽어 있었던 것.

그저, 눈을 뜨고 있는 것처럼 보였을 뿐. 살아 있는 흉내만 냈을 뿐.

나는 희망이나 꿈 같은 단어를 모르고, 아니 줄곧 외면하고 살아왔던 것. 아빠가 고개를 끄덕이며 말했다.

"괜찮아."

지선 엄마가 방문했던 날이 떠올랐다. 지선 엄마는 처음부터 끝까지 나를 외면했다. 내가 유령이라도 되는 것처럼. 지선 엄마는 정확했다. 난 살아 있지 않았다. 눈뜬 유령이었다. 눈물이 났다. 떼를 쓰고 싶었다.

"그 사람, 날 안 보더라, 한 번도. 자기도 허영 덩어리면서."

아빠가 내 등을 토닥이며 말했다.

"괜찮아, 다 괜찮아."

눈물이 흐르는 속도가 빨라졌다. 나는 엉엉, 소리 내어 울었다. 이렇게 울어 보긴 처음인 것 같았다. 태어났을 때도 지금처럼 크게 울진 않았을 것이다.

"괜찮아. 다 괜찮다니까. 하나만 잊지 마, 난 널 사랑해."

"닭살."

"어느 예술가가 이렇게 말했다더라. 우리는 어차피 실패하게 되어 있다고. 중요한 건 어떻게 실패하느냐 하는 거라고."

"정말?"

"자, 이리 와. 한 번만 더 꼭 안아 보자."

"부탁 하나 해도 돼?"

"뭐든지."

"하얀 코끼리 미소를 보여 줘."

자정을 알리는 열두 번째 종소리가 울렸다. 히나, 혹은 브로글의 삶을 결정할 날이 되었음을 알리는 열두 번째 종소리. 다른 날의 종소리와 전혀 다르지 않은 평범한 종소리였다. 하늘에서 환청 같은 소리가 들려와 내 어깨에 내려앉았다.

호머가 있었더라면.

호머만 있었더라면.

호머는 누굴까?

왜 호머일까?

알 수 없었다.

나는 다른 세계의 하늘에서 내려온 그 말을 오래 생각했다.

작가의 말

짧은 후기. 마리아 페소아와 이희의 도움이 없었더라면 여기까지 오지도 못했을 것이다. 기왕 의지한 것, 끝까지 손을 내밀기로 한다.

"내가 느끼는 바를 타인도 느끼게 하는 것, 바로 예술의 역할이다.

낮에 지친 이여, 밤의 기운이 너를 다시 채울 것이다. 끝났다고 여기는 순간 다시 시작되는 법이니 꿋꿋하게 살아라."

부디 예술적으로 꿋꿋하게 사시길!

설흔